DREAMBOOKS

박정수 판타지 장편소설
FANTASYSTORY & ADVENTURE

# 뱀파이어
## 무림에 가다

### 6

dream
books
드림북스

# 뱀파이어 무림에 가다 6

초판 1쇄 인쇄 / 2014년 4월 17일
초판 1쇄 발행 / 2014년 4월 24일

지은이 / 박정수

발행인 / 오영배
책임편집 / 편집부
펴낸 곳 / (주)삼양출판사 · 드림북스

주소 / 서울특별시 강북구 솔샘로67길 92
대표 전화 / 02-980-2112  팩스 / 02-983-0660
편집부 전화 / 02-980-2116  팩스 / 02-983-8201
블로그 / blog.naver.com/dreambookss

등록번호 / 제9-00046호
등록일자 / 1999년 3월 11일

ⓒ 박정수, 2014

값 8,000원

ISBN 978-89-542-5823-4 (04810) / 978-89-542-5304-8 (세트)

* 지은이와 협의하에 인지는 생략합니다.
* 잘못된 책은 구입한 곳에서 바꾸어 드립니다.

이 도서의 국립중앙도서관 출판시도서목록(CIP)은 서지정보유통지원시스홈페이지(http://
seoji.nl.go.kr)와 국가자료공동목록시스템(http://www.nl.go.kr/kolisnet)에서 이용하실 수
있습니다. (CIP제어번호: 2014012185)

# 뱀파이어 무림에 가다

## 박정수 판타지 장편소설

FANTASYSTORY & ADVENTURE

6

dream
books
드림북스

# Contents

# 뱀파이어

## 무림에 가다

# Vampire

# 제1장

## 본인을 소개하죠,
## 야주(夜主)입니다

늦은 밤.

남궁문결은 홀로 술잔을 기울이고 있었다.

이제껏 술을 즐기지 않았던 남궁문결이었지만 소가주이자 장남이었던 남궁강을 보내고 이처럼 늦은 밤 홀로 술을 마시는 경우가 많아졌다.

"또 술이시오?"

가주 침실 문이 열리고 남궁무결이 술병 하나를 들고 안으로 들어왔다.

"적적해서 그렇다."

적적함이 무엇 때문인지 남궁무결은 잘 알기에 씁쓸한

웃음을 감추며 그의 빈 잔을 채워주었다.

"혁이에 대한 걱정이라면 안 해도 된다."

남궁문결은 남궁무결을 바라보며 입을 열었다.

"형님. 그게 무슨 말이시오?"

남궁무결의 목소리는 낮았지만, 그 속에는 분노가 담겨 있었다.

"혁이는 형님 아들이오. 세상이 그리 알고 형님도, 나도 그리 알고 있소."

남궁문결에게는 아들 둘과 딸 하나가 있었다.

첫째가 죽은 남궁강이었고, 이제 소가주가 된 둘째 아들 남궁혁, 그리고 막내 여식 남궁세연이었다. 그러나 다른 이들이 모르는 비밀이 있었으니 둘째 남궁혁은 남궁문결의 핏줄이 아닌 남궁무결의 핏줄이었다.

남궁무결은 결혼을 하지 않았다.

그리고 가문을 위해 결혼을 하지 않겠다 다짐했고, 그 다짐을 지켜왔다. 하지만 그에게도 훈훈한 춘풍이 분 젊은 날이 있었고, 그로 인해 뜻하지 않게 자식을 얻게 되었다.

남궁무결은 핏덩이만 안고 와 남궁문결의 품에 덩그러니 남겨 놓고 폐관 수련에 들어가 버렸다. 그 후 아이의 엄마가 누구인지, 살아는 있는지 입을 열지 않았다.

그렇게 남궁혁은 남궁문결의 아들이 되어 자라났다.

"혁이도 내 아들이다. 다만, 보낸 아이의 빈자리 때문이야."

남궁문결이 술잔을 비운 후 남궁무결에게 내밀었다.

"받아라."

남궁문결은 남궁무결이 받아든 술잔을 채웠다.

그렇게 말없이 몇 순배가 돌 즈음이었다.

쿵!

바위라도 내려앉은 듯 무거운 기운이 몸을 짓눌렀다.

"아버지?"

남궁무결은 어마어마한 기운에 놀란 눈으로 고개를 돌렸다.

쿵!

이어진 또 하나의 기운.

남궁무결의 낯이 딱딱하게 굳었다.

이제껏 느껴보지 못했던 기운이다.

동시에 사기가 짙다.

쿵!

그 두 기운이 부딪혔다.

"아버지께 무슨 전갈이라도 들은 게 있소?"

"없다."

남궁문결과 남궁무결은 동시에 자리에서 벌떡 일어났

다.

연이어 터지는 기파는 거친 데다 살기를 담고 있었다.

단순한 비무가 아니다.

심상치 않았다.

그렇기에 둘은 가주실 문이 부서져도 상관없다는 듯 거칠게 열고 밖으로 나갔다. 그리고 남궁기의 거처로 몸을 날렸다.

한차례 태풍이라도 온 것처럼 두 기운의 충돌은 상상이 안 갈 정도로 거세졌다.

그리고 얼마 지나지 않아,

"......!"

그런 충돌이 거짓말처럼 사라졌다.

태풍의 중심에 들어선 것인지, 아니면 태풍이 모든 것을 부순 후 사라진 것인지 알 수 없다.

남궁무결은 서서히 거리가 벌어지는 남궁문결을 쳐다보았다. 비록 말을 전하지는 않았지만 먼저 가라는 남궁문결의 눈빛에 남궁무결은 이를 악물고 땅을 박차고 날아올랐다.

얼마 후 남궁기의 연무장을 둘러싼 담벼락을 밟고 안으로 들어섰다.

한 인물이 바닥에 쓰러져 있었고, 또 하나의 인물이 어둠 속에서 양팔을 들고 서 있었다.

"크하앗!"

그리고 터진 흉성.

챙!

남궁무결은 검을 뽑으며 정체를 알 수 없는 인물을 향해 몸을 날렸다.

그 순간 어둠 속에서 빛나는 붉은 동공을 보았다.

쐐애애액!

그리고 그를 베는 순간, 붉은 안광도 사라졌다.

남궁무결은 빠르게 주위를 살피며 쓰러져 있는 이를 쳐다보았다.

바싹 마른 시신.

"아, 아버지?"

시신은 얼굴상이 달라져 순간 알아볼 수 없었지만 남궁무결은 차츰 그 달라진 얼굴에서 남궁기의 얼굴을 찾아냈다. 그리고 평소 그가 입고 있던 옷까지.

챙그랑.

도저히 이 상황이 믿기지 않는 듯 남궁무결의 눈동자가 마구 요동쳤다. 몸에 힘이 쭉 빠졌는지 검까지 떨구고 말았다.

"아버지! 아버지!"

남궁무결은 남궁기의 시신을 끌어안으며 오열했다.

"으아아아아!"

어둠 속에서 빛나던 붉은 눈동자.

남궁무결은 핏발이 선 눈으로 고함을 내질렀다.

*　　　*　　　*

톡톡톡톡톡!

나무로 둘러싸인 자그만 암자에서 청아한 목탁 소리가 울려 퍼지고 있었다.

딸랑— 딸랑—

목탁 소리 사이로 영롱한 풍경(風磬) 소리가 운치를 더했다.

"마하반야 바라밀다……"

허리가 구부정한 노승이 자그만 불상 앞에서 목탁을 치며 불경을 읊조리고 있었다. 승복은 수십 번을 꿰어 밑감이 무엇인지 짐작을 하지 못할 정도였다.

"……아제 아제……!"

불경을 읊조리던 노승이 어느 순간 입을 꾹 닫았다.

마음을 평온하게 만들던 목탁 소리도 끊겼다.

"오호(嗚呼)! 통재(痛哉)라."

노승의 목소리에는 탄식과 슬픔이 담겨 있었다. 한참을 우두커니 앉아 있던 노승이 착잡한 목소리로 입을 열었다.

"백료야."

"예, 스승님."

구석에 정좌하고 있던 젊은 승려가 대답했다.

백료.

소림사의 무승.

소림을 대표하는 절대자 중 일인, 권왕.

그러나 정작 알려진 것은 하나도 없었다.

"문을 열어보아라."

노승의 말에 구석에서 조용히 앉아 있던 백료가 자리에서 일어났다. 특이하게도 백료의 승복 색은 검은색이었다.

노승은 힘겹게 몸을 틀어 활짝 열린 문밖으로 밤하늘을 올려다보았다. 슬픔이 살짝 담긴 담담한 눈빛이 무겁게 가라앉았다.

"결국…… 나무아미타불."

노승은 눈을 감으며 불호를 읊었다.

"경내로 내려가서 장문인 좀 모셔오너라."

백료의 신형이 그 자리에서 연기처럼 사라졌다.

조금의 시간이 흐르고.

언제 자리를 떴나 싶게, 아니 애초에 그 자리를 지키고 있었던 것처럼 백료가 구석에 정좌하고 있었고, 잠시 후 발걸음 소리가 들려왔다.

소림 방장 원중이었다.

"사숙조, 그간 강녕하셨는지요."

"어서 오시게."

원중은 노승, 일암에게 반장으로 예를 취한 후 그 앞에 앉았다.

"어쩐 일로 소승을 부르셨는지요?"

"방장."

일암은 무거운 목소리로 원중을 불렀다. 그의 목소리에 담긴 감정이 심상치 않기에 원중의 표정이 절로 굳어졌다.

"아무래도 흑림을 열어야 할 듯싶소이다."

놀란 나머지 원중의 동공이 커졌다. 옆에 석상처럼 숨소리조차 드러내지 않던 흑승, 백료도 놀라기는 마찬가지인 듯 옅은 숨소리가 흘러나왔다.

"사, 사숙조. 지금 흑림을 여신다고 하셨습니까?"

원중은 백료를 흘깃 쳐다본 후 되물었다.

"그리해야 할 듯하오."

"……."

원중의 굳게 닫힌 입은 쉽사리 열리지 않았다. 아니, 열리지 못했다.

흑림은 살생의 칼을 손에 쥔 소림의 다른 얼굴이다.

그리고 소림의 진짜 힘이기도 하다.

천하의 무림인들이 무림의 마지막 보루를 소림이라 여긴다면, 그 소림을 이끌어가는 방장을 선두로 한 원로회는 소림사의 마지막 보루를 흑림이라 여긴다.

흑림은 정대하다.

그러나 손속에 자비를 두지 않는다.

또한, 강하다.

그렇기에 흑림은 움직이지 않는다.

흑림이 움직인 일은 천 년 소림 역사상 단 두 번.

초대 천마가 세상에 등장했을 때, 그리고 사파인의 정신적 시조로 불리는 혈황이 천하를 피로 물들였을 때뿐이었다.

"처, 천마이옵니까?"

원중의 머릿속에 현 마교주가 천마의 이름을 이어받았다는 소식이 떠올랐다.

"천기를 제대로 읽었다면 천 교주는 초대 천마와 비교해도 뒤지지 않을 힘을 이어받았을 것이오."

"그가 초대 천마처럼 중원으로 나오려는 것이옵니까?"

마교의 숙원이 중원 진출임을 모르는 이가 있을까. 물으나 마나다.

"……아미타불."

머릿속에 앞으로 벌어질 처참한 전장을 떠올렸는지 원중의 안색과 목소리는 어둡고 무거웠다.

일암은 원중을 보며 고개를 저었다.

"그가 중원에 나올 것은 자명한 일이외다. 그러나."

원중의 얼굴이 굳어졌다. 그러나 곧 일암의 말이 이상하다는 것을 느꼈다.

초대 천마의 이름을 잇는 자가 태어났다. 그리고 필연적으로 그를 필두로 마교가 중원에 나온다.

흑림을 연다.

그런데 그 이유가 천마가 아니라고 했다.

"소승이 잘못 들은 것이옵니까?"

"아니요, 방장."

"그렇다면 어찌……."

"천하를 어둠으로 집어삼킬 자가 태어났소이다."

"누구이옵니까?"

"그건 모르겠소. 누구인지."

일암이 고개를 돌려 밤하늘을 올려다보았다.

"천마, 마로써 천안을 열었으니 그도 지금쯤 천기를 읽었을 것이외다. 천마는 마의 종주이자 어둠의 종주. 그가 본인보다도 더 어두운 색을 가진 이를 하늘에서 보았으니.

그가 어찌할지…… 아미타불."


　천만 자루의 거대한 검을 거꾸로 땅에 꽂아둔 듯 험준하
고도 거대한 석산.
　마교 본산인 천만대산이었다.
　그 천만대산 중앙 우뚝 솟은 천산, 정상 마봉(魔峰).
　흑발의 중년 사내가 가부좌를 튼 채 앉아 있었다.
　천마의 이름을 이은 자, 마교 교주 천지악.
　눈을 감고 있던 천지악의 눈썹이 꿈틀거렸다.
　번쩍!
　그가 눈을 뜨자 시커먼 빛이 눈에서 터져 나왔다. 천지
악은 고개를 들어 밤하늘을 올려다보았다.
　그중 천지악의 눈을 사로잡은 것은 두 개의 별. 그 두 개
의 별은 여느 별과 달리 색이 검었다. 검으면서도 밤하늘
에 묻히지 않고 밝게 빛나고 있었다.
　마주 보듯 떠 있는 두 개의 검은 별.
　그저 범인이 보았다면 똑같은 검은 별로 보였겠지만 천
안을 연 천마의 눈에는 달랐다. 자신을 상징하는 별보다
더 검은 별이 천좌의 중심 북두성을 향해 올라가고 있었던
것이다.
　자신보다도 높게.

"크하하하하하!"

마봉이 무너져라 대소를 터트렸다.

호탕한 웃음소리와 함께 천지악의 눈빛에서는 무시무시
한 살기가 폭사되었다.


*       *       *


야현은 진중한 표정으로 빈 서책에 무언가를 적고 있었
다. 적다가 무언가가 막힌다 싶으면 조용히 눈을 감고 잠
시 생각에 잠겼다가 다시 쓰기를 반복했다.

그렇게 이틀 밤을 꼬박 새우고 나서야 집필을 마칠 수
있었다.

탁.

먹물이 다 마르자 야현은 책을 덮었다.

빈 표지를 잠시 바라보던 야현이 다시 붓을 들었다.

그리고 일필휘지로 내려 적었다.


　　제왕검형(帝王劍形) 창천지서(蒼天之書).

　　필(筆) 야주(夜主).


힘차면서도 멋들어진 필체에 야현은 흡족한 미소를 지었

다.

"그대가 마지막으로 남겨주고 싶어 하던 검서. 본인이 주지."

야현은 서책을 쓰다듬으며 중얼거렸다. 그런 후 아공간에 서책을 넣으며 자리에서 일어났다.

*　　　*　　　*

남궁기의 거처.

그가 생전에 사용하던 낡은 책상에 남궁문결과 남궁무결이 앉아 있었다.

"일단 아버지의 부고를 대외에 알리지 않기로 했다."

남궁문결의 말에 남궁무결이 표정이 굳어졌다.

"이해해 다오."

남궁무결은 한없이 슬픈 남궁문결의 눈빛에 치밀어 오르는 분노를 힘겹게 꾹꾹 누르며 고개를 끄덕였다.

자신이 이러할진대 남궁문결은 오죽하겠는가.

무(武)의 재능이 없기에 자신보다도 더 아버지를 존경하고 섬겼던 남궁문결이었다. 그런 그도 자신이 존경해 마다하지 않던 아버지의 죽음을 감춰야 하는 이 상황이 죽도록 싫었을 것이다. 그리고 가주로서 그 결정을 내리는 순간 속으로 피눈물을 흘리고 또 흘렸을 것이 분명했다.

"가주님."

피곤에 젖은 집사의 목소리가 방문 밖에서 들려왔다.

"발인 준비를 모두 마쳤습니다."

이어진 집사의 말에 남궁문결이 자리에서 일어났다.

"늦지 않게 나오너라."

남궁문결은 시간이 좀 더 필요한 남궁무결을 두고 먼저 자리에서 일어났다.

남궁문결이 나가고 홀로 남은 남궁무결은 손때 묻은 낡은 탁자를 쓰다듬었다.

순간 피가 모두 빨려 죽은 남궁기의 마지막 모습과 함께 어두운 밤 속에서 선명하게 빛나던 붉은 눈동자가 떠올랐다. 일순간 얼굴이 일그러졌다. 동시에 주먹을 으스러지도록 쥐었다.

"빠드득!"

이가 갈렸다.

분노는 살기로 바뀌었다.

살기에 의해 방 안의 공기가 한순간 얼음장처럼 차갑게 변했다.

훅!

차갑게 변한 공기 때문일까, 방 안을 밝히고 있던 촛불이 꺼졌다.

어둡게 변한 방.

"……!"

뒤에서 느껴지는 인기척에 남궁무결의 눈가가 꿈틀거렸다. 그리고 빠르게 검 자루에 손을 얹는 순간.

턱!

시퍼런 칼날이 어깨에 올려졌다.

"누구냐?"

"그대가 보고 싶어 하는 사람?"

남궁무결 뒤에서 모습을 드러낸 이는 야현이었다.

등골이 쭈뼛 설 정도로 놀라 잠시 가라앉았던 살기가 다시 피어올랐다.

"진정하세요."

야현은 야월로 남궁무결의 어깨를 가볍게 쳤다.

남궁무결은 입술을 깨물며 살기를 누그러트렸다.

"무엇 때문에 온 것이냐?"

"그대가 남궁무결, 맞나요?"

"내 목을 노리고 온 것이냐?"

남궁무결의 물음에 야현은 야월을 그의 어깨에서 내렸다.

"그럴 거라면 귀찮게 이런 식으로 이야기를 나눌 이유가 있을까요?"

남궁무결은 어깨에서 야월이 치워지자 자연스레 고개를 뒤로 돌리려 했다. 그러자 야월이 다시 그의 어깨에 올려졌다.

"얼굴은 다음에."

"그렇다면 하나만 물어보겠다. 그대의 눈동자, 붉은색인가?"

"그렇습니다."

"알았다."

남궁무결은 그 말을 끝으로 눈을 감았다.

야현은 피식 웃음을 삼키며 품에서 서책 하나를 꺼내 탁자 위에 던졌다.

툭!

가벼운 파음에 남궁무결이 다시 눈을 떴다.

'서책?'

이 방에 그와 자신, 단둘이 있으니 보라고 던진 터. 남궁무결은 손을 뻗어 서책을 달빛이 드리운 곳으로 당겼다.

서책의 제목을 보는 순간 남궁무결의 눈이 부릅떠졌다.

"이, 이건."

"그대의 부친이 남긴 검결이야."

"이게 왜 당신에게."

남궁무결의 목소리가 날카로워졌다.

"서체를 봐."

"······."

서체를 확인한 남궁무결은 입을 열지 않았다.

"비록 본인이 썼지만 남궁기가 평생의 깨달음을 담은 검결이야."

"아버지께서 남기신 심득인지 아닌지 어찌 아오?"

"읽어봐. 아니다 싶으면 폐기를 하든지."

"······."

남궁무결은 야현의 말에 묵묵히 서책을 내려다보았다.

"이걸 왜 당신이."

"어쩌다 보니. 남궁기가 전해주고 싶어 했던 것이니 본인이라도 전해 줘야지."

"당신은 누구요?"

"야주."

동시에 남궁무결의 눈도 서책에 적힌 '필 야주'를 읽었다.

"아버지와의 관계는?"

"알면서 묻는 것인가? 아니면 확인하고 싶은 것인가? 어느 것이 되었든 말해 주지. 서로 목숨을 빼앗아야만 했던 적."

"……."

"그럼에도 친우보다 가깝게 느끼는 그런 관계? 물론 본인은 그리 생각하지만, 본인이 그대의 부친이 아니니 그가 본인을 어찌 생각했었는지는 모르겠군."

남궁무결은 야현의 목소리에서 슬픔을 느꼈다.

동시에 서책에서 눈을 떼지 못하기도 하였다. 남궁무결은 천천히 손을 뻗어 서책을 펼쳤다.

낯선 서체.

그러나 익숙한 문장.

남궁무결은 저도 모르게 책에 빠져들었다.

시간이 얼마나 흘렀을까.

남궁무결은 화들짝 정신을 차렸다.

"……?"

인기척이 사라졌다.

남궁무결은 천천히 고개를 돌렸다. 마치 꿈이었던 것처럼 방 안에는 아무도 없었다. 하지만 꿈은 아니었다. 탁자 위에는 자신이 읽던 서책이 놓여 있었으니.

무기력하다.

그의 앞에 자신은 마치 사자 앞에 선 토끼나 매한가지였다. 장난삼아 발톱 하나로 사지를 갈가리 찢어 죽일 수 있는. 그리고 남궁무결은 그가 심심풀이 여흥으로 자신을 살려주었음을 느꼈다.

"크크크크크크!"

자조가 가득 담긴 처참한 웃음이 흘러나왔다.

자신을 얼마나 우습게 보았으면, 고인의 뜻을 이어준다는 명목으로 죽인 아버지를 농락하고, 남궁세가를 희롱한 것이다.

그렇게 한참을 웃는 남궁무결의 눈동자에서 분노가 서서히 사라졌다. 희로애락이 극에 달하면 오히려 사라진다고 했던가. 어느새 남궁무결의 눈동자에는 그 어떤 감정도 보이지 않았다.

"악마에게 몸을 팔아서라도 너를 죽일 것이다. 그리하여 혼이 갈가리 찢어지고 윤회가 끊길지라도."

눈동자와 같이 남궁무결의 목소리도 무미건조하게 변했다. 마치 목각 인형이 입을 연 것처럼 음성의 고저조차 없었다. 남궁무결은 야현이 남기고 간 서책을 움켜잡으며 자리에서 일어났다.

*　　　*　　　*

닳고 닳은 멍석 위에 수십 장의 종이들이 어지럽게 널려져 있었다.

"흠."

그 종이들을 내려다보는 개방 방주 걸취의 입에서 무거운 신음이 흘러나왔다.

"어찌 생각하나?"

걸취를 중심으로 머리가 희끗한 중장년의 걸인들이 모여 있었다. 허리춤의 매듭이 하나같이 일곱 개로 개방 장로들이었다.

"사건의 공통점은 있는데…… 하나로 모이지가 않습니다."

한 장로의 말에 다른 장로들이 묵묵히 고개를 끄덕였다.

오랜 시간 공을 들여 찾아낸 사실들이 있었다. 실종된 오파일방의 제자들에게 하나같이 빠르면 몇 달, 적어도 한두 달 사이에 여인들이 생겼다는 것이다.

실마리를 찾았다는 기쁨도 잠시.

여인들 사이에 아무런 접점이 없었다.

서로 어울릴 수 있는 신분들도 아니었고, 무엇보다 그녀들 사이에 그 어떤 공통점도 없었다. 또한 모종의 일을 저지를 이유도 없었다.

"우연의 일치이거나……."

어느 장로의 중얼거림.

"우리가 찾지 못한 그 무언가가 있을 겁니다."

다른 장로의 말에 다른 이들이 동의한다는 듯 고개를 끄덕였다.

"이유 없이 오파일방의 제자들이 사라졌을 리 없다. 그리고 신이 일을 꾸몄더라도 흔적은 남는 법."

걸취의 말에 개방 장로들의 눈빛이 더욱 날카로워졌다.

"찾게."

"명!"

"명!"

장로들의 짧고 굵은 복명이 터질 때쯤 후개 걸개아가 안으로 들어왔다.

"스승님."

"무슨 일이냐?"

"소림의 방장께서 서신을 보내왔습니다."

"서신?"

"내방해 달라는 내용입니다."

걸취의 눈매가 가늘어졌다.

"내방? 무슨 일인지 적혀 있지는 않고?"

"다른 내용은 없사옵고, 그저 최대한 빨리 와 주십사 하는 내용뿐이었습니다."

"흠."

걸취는 묵직한 침음을 흘렸다.

"알았느니라."

소림의 방장을 떠나 원중이 이유 없이 부르지는 않았을
터.

"내 소림에 갔다 와야 할 거 같으니."

걸취는 고개를 돌려 장로 중 한 명을 바라보았다.

"그대가 맡아서 전모를 밝혀 보게."

"그리하겠습니다, 방주."

걸취는 장로들의 인사를 받으며 자리에서 일어났다. 어
차피 가기로 한 마당에 시간을 지체할 이유가 없었기 때문
이었다.

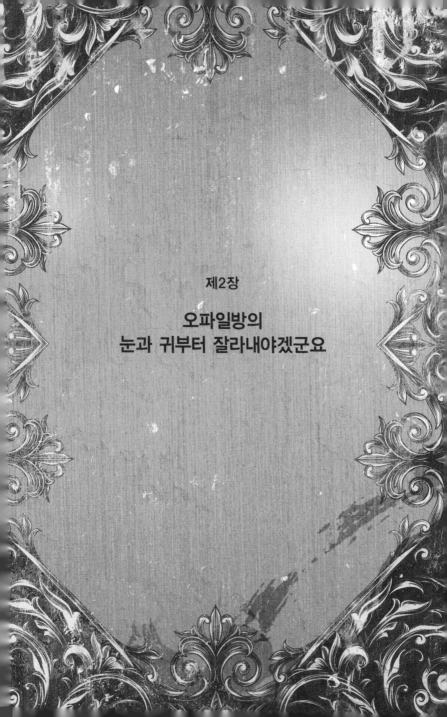

제2장

오파일방의
눈과 귀부터 잘라내야겠군요

야풍장 장주실.
벽면에 한 폭의 족자가 걸려 있었다.


一 마교
일존 마교교주 천마 천지악
사마


二 사도련
일제 사도련주 사제 도학
사귀

三 오대세가
검성 낭궁세가 전대가주 남궁기
독성 사천당문 당주 당한경


검패 모용세가 가주 모용곽
도패 하북팽가 가주 팽일로
지패 제갈세가 장녀 제갈지소


四 오파일방
권왕 소림사 흑승 백료
검왕 무당파 원로 옥양진인


권패 소림사 나한전주 굉허


五 기타
만박자 초량
인협 낭두
지객 권람
일위 황제수신호위

야현은 책상에 발을 올리고 등받이에 몸을 기대며 족자를 쳐다보았다. 서폭에는 만박자 초량이 만든 절대자 호칭들이 적혀 있었고 그중 남궁기와 제갈지소의 이름 위에 줄이 그어져 있었다.

여러 이름이 적혀 있었지만 야현은 단 두 이름만 쳐다보고 있을 뿐이었다.

천마 천지악, 그리고 사제 도학.

그때 불현듯 생각난 남궁기의 기억에서, 하나의 이름이 떠올랐다.

백료.

남궁기도 전혀 알지 못하는 자다. 다만 남궁기의 기억에 의하면 소림사의 숨겨진 힘을 이은 자가 아닐까 하는 짐작만이 있었다.

"흠."

남궁기는 사제 도학보다 오히려 소림의 백료를 더 위험한 이로 인식하고 있었던 것이다.

"크크크."

야현은 낮은 웃음을 내뱉으며 혀로 입술을 핥았다.

"재밌어, 아주 재미있어."

야현은 천마 천지악과 사제 도학, 그리고 흑승 백료에 집중하고 있었지만 서폭에 적힌 인물들 중에 누구 하나 만만한 이는 없었다.

물론 못 이기란 법도 없지만.

하지만 천마 천지악, 사제 도학, 그리고 흑승 백료는 승리를 점칠 수 없었다. 남궁기 역시 내심 그 셋에게는 한 수 접어주고 있었던 것이다.

물론 특이한 위치에 있는 일위는 제하고.

끼익—

흑오가 안으로 들어왔다.

"이건……."

인사를 올리려던 흑오가 절대자들의 이름이 적힌 족자를 보았다.

"앉아."

야현의 말에 흑오가 족자를 한 번 더 보며 맞은편에 앉았다.

"회를 다시 소집할까 합니다."

야현이 남궁기에게 패한 뒤 회는 작은 조각들로 갈라져 세상 속으로 숨었다. 야현이 다시 일어섰으니 잠시 몸을 숨겼던 회를 다시 불러들이려는 것이다.

"현재 문제라도 있나?"

흑오의 눈가가 살짝 굳어졌다.

단순한 질문일 수 있으나 그것에서 야현의 의중을 짚어

낸 탓이다. 흑오는 야현이 현재 회가 다시 모이는 것을 그다지 달갑게 여기지 않음을 느꼈다.

"없습니다."

"그럼 당분간 지금처럼 유지해."

"이유……."

조심스럽게 이유를 물으려던 흑오는 야현이 보고 있던 족자를 떠올리고 말을 멈추었다.

"맞아."

야현은 흑오의 표정을 읽고 답을 주었다.

"피가 식은 줄 알았는데, 그게 아니더군."

야현이 히죽 웃음을 드러냈다.

\* \* \*

사람 두엇 누우면 꽉 차는 자그만 방.

소림의 방장실이었다.

방장 원중과 걸취가 마주앉자 방 안이 꽉 차는 느낌이 들었다.

"끝없는 천장을 가지신 방주께는 답답하시겠습니다, 아미타불."

"아늑해서 좋습니다."

걸취는 멋쩍은 표정을 지으며 찻잔을 들었다.

"힘든 발걸음을 해주셔서 감사합니다."

"차 한 잔 마시자고 부르신 것도 아닐진대 당연히 찾아와야지요."

"차 식습니다. 드시지요."

찻잔이 비워지고.

원중이 다시 빈 찻잔을 채우며 입을 열었다.

"며칠 전 사숙조께서 빈도를 불렀었습니다."

"일암 노사께서요?"

걸취는 놀란 눈으로 원중을 쳐다보았다.

무림에서 일암의 존재를 아는 이는 별로 없었다. 과거에도 그다지 큰 활동이 없었을뿐더러 세수도 백이 훌쩍 넘어가니 당연한 일이다.

걸취가 그나마 개방의 방주이니 일암을 아는 것이었다.

"천 교주 말이외다."

마교 교주가 원중의 입에서 나오자 걸취의 안색이 무거워졌다.

"천마의 유지를 이은 모양이오."

걸취의 몸이 흠칫 떨렸다.

마교 교주 천마 천지악.

무림인이라면, 아니 무림인이 아니어도 아는 이름이다.

물론 이름은 아니지만.

어쨌든 천마의 유지를 이을 자가 마교에서 태어났고, 마인들은 그가 천마의 유지를 잇기를 기원하는 의미에서 천마라 불렀다.

천마의 이름이 무겁다지만 허울뿐인 이름이었다.

지금까지는.

그런데 이름뿐만 아니라 천마의 마공을 익혔으니.

"중원에 피바람이 불겠군요."

걸취는 입술을 깨물며 말했다.

"걸 시주."

원중의 목소리는 착 가라앉은 분위기만큼 무겁기 그지없었다.

"천마가 움직였습니까?"

걸취의 말에 원중이 고개를 저으며 말을 이어갔다.

"사숙조께서 말씀하셨소."

"……?"

"천마가 태어났지만 그보다 더 무서운 자도 태어났다. 그리고 소림사는 천마가 아닌 그자를 위해 살계를 열어야 할 것이외다."

걸취의 몸이 파르르 떨렸다.

이건 심각한 일이다.

천마가 태어난 것도 모자라 그보다 위험한 이가 있단다.

"그리고 검왕이 별세하였소. 아미타불."

"나, 남궁 대협이⋯⋯."

그때 걸취의 머릿속에 벼락처럼 휘몰아친 기억과 함께한 인물이 떠올랐다.

"무슨 연유로 하직하셨는지 알 수 있소이까?"

"자세한 정황은 알지 못하오. 사숙조께서 천기로 그분의 죽음을 아셨을 뿐."

"⋯⋯."

"단지."

이어진 원중의 말에 걸취가 고개를 번쩍 들어 올렸다.

"천마에 버금가는 그자. 그자의 기운이 남궁 빈도의 별을 삼켰다고 하더이다."

걸취는 주먹을 말아 쥐었다.

"야현."

낮게 그 이름을 짓씹듯 되뇌었다.

*　　　*　　　*

"어디서, 누구부터."

야현은 술잔을 비우며 절대자 이름을 훑고 있었다.

"월영입니다."

문이 열리고 월영이 안으로 들어왔다. 다른 곳과 달리 하오문은 그 특성상 본문을 다시 야풍장으로 옮긴 상태였다.

"무슨 일이지?"

"개방에서 흑화문의 흔적을 쫓고 있습니다."

야현이 무공을 익히기 위해 앞뒤 가리지 않고 오파일방의 제자들을 죽였다. 당연히 예상했던 일.

"흔적을 찾을 수 없을 거야."

마법을 알지 못하고, 서큐버스라는 마족의 정체를 알지 못하는 이상 어떻게 일이 진행되었는지 알 수 없을 것이다.

"개방 방주가 소림사에 들어섰습니다."

"소림사?"

야현의 말에 호기심이 담겼다.

잠시 스쳐 지나갔던 소림사 무승들이 떠올랐다. 그리고 그들에게서 느껴졌던 신성력까지. 그리고 남궁기가 남긴 막연한 두려움의 존재, 흑승 백료.

"소림의 무승은 죽이지 않았는데."

"누가 뭐래도 소림은 정파의 중심이니까요."

"그렇다고 해도 소림이 나설 일은 아니지 않나? 실질적으로 무림맹, 아니 오파일방 활동의 중심은 무당파로 알고 있는데."

"그래서 찾아왔습니다."

"……?"

"소녀의 불안 때문인지 몰라도 소림에 신경이 쓰이는 이가 있습니다."

"백료?"

월영이 고개를 저었다.

"일암이라는 노승이 있습니다."

처음 듣는 이름.

"현 방장의 사숙조로 연치가 백을 넘어선 노승입니다."

"호오."

야현이 미약한 놀람을 드러냈다.

"파악한 바로는 그 노승이 천기를 읽는다 합니다."

"천기?"

"예."

"천기라……."

야현은 중얼거리며 짧게 생각에 잠겼다 깨어났다.

"그래서 소림 방장과 개방 방주가 만난 것이 신경 쓰인다?"

"네."

"소림은 당장 건들기 힘이 드니 오파일방의 눈과 귀부터 잘라내야겠군."

야현이 히죽 웃음을 지었다.

"그리고."

"하명하세요."

"천기를 읽을 수 있는 다른 이가 있나?"

야현의 질문에 월영이 미간을 찌푸리며 기억을 더듬었다.

"만박자 초량, 천마 천지악은 천기를 읽을 수 있을 거예요. 그 외에 은거기인들 중에도 있을지 모르겠지만 일단 그 둘은 읽을 수 있을 거라 판단합니다."

"천마는 뒤로 미루고. 만박자 초량이라. 후후후."

웃음 사이로 송곳니가 번뜩였다.

*　　　*　　　*

인적이 드문 깊은 산 속.

밭이라고 하기에 민망할 정도로 자그만 계단식 밭과 그 옆에 허름하지만, 손때 묻은 오두막 한 채가 세워져 있었다.

"좋군."

희미한 흔적만 남은 산길을 따라 야현이 느린 걸음으로 산책하듯 오두막으로 걸어가고 있었다.

"세상을 등진 사내라고 하던가? 그다운 삶이군."

야현은 만박자 초량에 대한 몇 이야기를 떠올리며 산세를 감상했다.

오두막 주위의 산세는 험준하지도 않았고 황량하지도 않았다. 어디서 본 듯한 풍경은 모나지 않은 자연스러움을 드러내고 있었다.

느릿한 걸음이 어느새 오두막 앞에 도달했다.

끼익.

녹슨 경첩이 뒤틀리는 소리와 함께 중년의 사내가 마당으로 걸어 나왔다.

"잠시 기다리시지요. 차를 내오겠습니다."

중년의 사내.

만박자의 이름으로 살아가는 이, 초량.

야현은 입꼬리 한쪽을 말아 올리며 마당 한편에 놓인 탁자로 향했다.

탁자의 상판은 나무를 대충 다듬어 울퉁불퉁했고, 다리는 큼지막한 바위였다. 의자는 그저 나무를 대충 높이에 맞춰 잘라놓은 것이었다.

조악하기 이를 데 없어 보였지만 이곳에 자리하고 있어

서인지 나름 풍취가 풍겼다.

야현이 앉아 세월의 흔적이 쌓인 울퉁불퉁한 상판을 쓰다듬으며 감상에 빠지려는 그때 달그락거리는 소리와 함께 초량이 다기를 내왔다.

보이는 모든 것들이 투박하고 조악했다. 심지어 다기를 가져온 쟁반도 그러했지만, 찻주전자와 찻잔만은 달랐다. 순백의 백자가 이곳과 잘 어울린다 싶지만 그 안에 새겨진 푸른 문양은 매우 낯설게 느껴졌다.

마치 이곳에 있어서는 안 되는 것처럼.

"유일하게 놓지 못한 욕물입지요."

초량은 차를 우려내는 것이 지상 최대의 과제인 듯 공을 들여 우려냈다.

"입에 맞을지 모르겠습니다."

야현은 초량이 내어놓은 찻잔을 들었다.

"세상의 모든 것을 내려놓은 구도자들도 보통 차는 내려놓지 못하더군요."

야현은 차향을 맡은 후 찻잔을 입으로 가져갔다.

쌉쌀한 맛이 입 안을 가득 채웠다.

"흔히 먹을 수 있는 맛은 아니군요."

"손수 약초를 말려 내린 차입니다."

"아쉽군요."

야현은 빈 찻잔을 내리며 초량을 바라보았다.

"죽는 건 저인데 공께서 아쉽다니 이상하군요."

초량은 평안한 눈으로 응시했다.

"이 좋은 차를 앞으로 마시지 못할 테니까."

야현이 빈 찻잔을 내밀었다.

"이 목숨보다 한 모금의 차가 더 중한 모양입니다."

"본인이 놓지 못한 유일한 것이 바로 식도락이니까. 그러나."

야현이 싱긋 웃으며 말을 이어갔다.

"세상은 넓고, 도락을 채워줄 것은 많습니다."

"그 생각은 미처 하지 못했군요, 하하하."

초량은 그 부분은 생각하지 못한 듯 잠시 멍한 표정을 지었다가 호쾌한 웃음을 터트리며 찻잔을 채웠다.

"그런데 말이오."

야현이 흡족한 미소를 지으며 운을 뗐다.

"말씀하시지요."

"본인이 이곳에 오는 것은 그렇다고 쳐도."

"……."

"그대의 목숨을 가져가려는 것은 어찌 알았습니까? 천기를 읽어서 아는 것이오, 아니면 머리가 좋아서 그런 것이오?"

"궁금하십니까?"

"궁금하니 물어보는 거 아니겠소."

그 물음에 초량이 미소를 지으며 야현을 지그시 바라보다 입을 열었다.

"하늘 중심에 별이 하나 있는데 있는 듯 마는 듯 희미한 빛을 머금은 별이지요."

그 별은 초량의 별이거나, 그에 빗댄 말일 터.

"그 별 위로 검은 별이 다가오고 있었습니다. 그 길을 보니 희미한 별과 겹쳐지더군요. 그러나 검은 별이 앞에 있으니 보이는 형국은 검은 별이 희미한 별을 집어삼키는 형세."

초량은 야현을 직시하며 말을 이어갔다.

"제 죽음은 공을 보고 나서 깨달은 것이지요."

"죽음을 읽은 것은 아니군요."

"아무리 천기를 읽어도 미래까지 볼 수 있는 것은 아닙니다. 다만 예측을 할 수 있을 뿐입니다."

궁금한 것이 풀렸는지 야현은 고개를 끄덕이며 식은 찻잔을 들었다.

"공을 뵙고 나서 죽음을 보았지만 다른 것도 보았습니다."

"……?"

"본인의 또 다른 삶이지요."

"죽음과 삶이라. 혹 본인이 그대를 죽이지 않을 거란 뜻인가요?"

야현은 묘한 침음을 삼키며 초량을 바라보았다.

"죽음을 두려워하지 않는 줄 알았는데."

"두려움은 없지만 미련이야 있지요. 없다면 그게 더 이상하지요. 그러니 이렇게 살아보려 애를 쓰는 거 아니겠습니까?"

"하하."

야현은 가벼운 웃음을 터트렸다.

"살려 두자니 그렇고, 품자니 쓸 데가 없고."

야현은 등받이에 몸을 기대며 초량을 빤히 쳐다보았다.

"세간의 평이 틀린 모양이오."

"무엇이 말입니까?"

"모나지 않는 삶. 자신을 드러내지 않는 은거인. 세속을 초탈한 이. 그대를 대변하는 말들인데……."

야현은 손가락으로 탁자를 두들기며 초량의 눈을 직시했다.

"야망이라."

야현의 시선이 찻잔으로 향했다.

이질적인 느낌을 주던 한 벌의 다기.

"설득해 봐. 본인을."

"휴우—, 일 차 관문 통과로군요."

초량은 넉살 좋게 한숨을 내쉬었다. 표정이나 목소리는 여전히 여유로웠지만 깊은 한숨의 끝자락은 미세하나마 흔들렸었다.

'만박자.'

세상에 모르는 것이 없는 자.

천기를 읽고, 모르는 것이 없다지만 역시 그는 인간이었다. 삶을 초탈한 구도자나 선구자와 같은 부류의 인물이 아니라는 뜻이다.

"세상에서 뛰어남은 존경보다는 질시의 대상이 되지요."

"……?"

"……."

간단한 그 말을 끝으로 초량은 더 이상 말을 잇지 않았다.

"끝?"

야현의 짧은 반문에 초량이 고개를 끄덕였다.

"이거 참."

야현은 머쓱하게 어깨를 살짝 들어 올렸다.

"그대도 참으로 이상한 사람이야."

"공도 매한가지입니다."

"처음 보는데 많은 것을 알고 있군. 오히려 살려 주어야 할 이유보다 죽여야 할 이유가 하나 더 는 거 같아."

그럼에도 초량은 미소만 드러낸 채 입을 열지 않았다.

"아웃사이더."

"외인(外人)."

"호오."

야현은 서방의 언어를 맞받아치는 초량을 보며 나직하게 감탄을 터트렸다.

"관에서야 뒷배 없어 출세 못 하고, 자유로운 무림에서도……."

야현은 초량의 몸을 살폈다.

"무공을 익히지 않은 이는 무림인이 아니지요."

"어디에도 섞이지 못한다. 그럼에도 쉬이 야망을 꺾지 못하고."

야현은 살짝 웃음을 드러냈다.

"왜 본인이지? 천기 때문인가?"

"천기가 미래를 보여 주지는 않습니다."

"그럼?"

"호랑이는 죽어서 가죽을 남기고, 사람은 죽어 이름을 남긴다."

"만박자란 이름으로 충분히 이름을 남긴 거 아닌가?"

초량은 고개를 저었다.

"부족한가?"

"부족합니다. 만박자, 세월의 흐름 속에 지워질 이름이지요. 적어도 저는 달마 대사, 천마와 같이 영원히 지워지지 않을 이름을 갖고 싶습니다."

"이거, 이거."

야현은 흥미가 동하는 듯 추임새가 흘러나왔다.

"본인이 그러한 이라 이건가?"

"공처럼 빛나는 별을 품은 이는 처음입니다. 그것도 시커먼 묵빛을 머금은. 필시 공은 역사에 길이 남을 인물이 될 것입니다. 위명보다는 악명일 거라 짐작이 되기는 하지만 말입니다."

"칭찬인지 악담인지 모르겠군."

야현은 피식 웃음을 터트렸다.

"이왕이면 정이 찾아오기를 원했습니다만 세상사가 원하는 대로 흘러가지 않군요."

"본인 앞에서 그런 말이라. 그대는 정말 살고 싶은 생각이 있기는 한 건가?"

"하지만 책사는 주군이 악인이든 아니든 자신을 믿어주는 이를 따른다 하였습니다."

"그 말은 듣기 좋군."

"그리고 세상에 이름을 남기기에는 정보다는 악이 훨씬 낫지요."

"세상에 한이 많은가 봐."

"사내라면 풀 건 풀어야지요. 하하하."

"후후후."

한바탕 초량과 야현이 웃은 후, 초량이 진지한 표정으로 말했다.

"저는 만인지상 일인지하의 자리를 원하지 않습니다. 또 그럴 깜냥도 되지 않습니다."

"……?"

"이(二)."

"이?"

"그게 제 자리입니다."

초량은 깊게 숨을 들이마신 후 말을 이어갔다.

"그렇게 빛나는 별이라면 그대가 없어도 되지 않을까?"

"촉의 유비도 제갈량이 있어 왕좌에 올랐고, 유방에게는 장자방이 있었지요."

"그래서?"

"선물을 하나 드리겠습니다. 아니, 둘이 되겠군요."

"그 선물, 꼭 본인의 마음에 들어야 할 거야."

"마음에 드실 겁니다."

"말해 봐."

"현재 천하에 세 개의 별이 있습니다."

"호오."

"그 하나는 공의 것이오, 또 하나의 검은 별은……."

야현의 미간이 꿈틀거렸다.

"천마의 이름을 이은 마교 교주입니다."

"또 하나의 검은 별이라."

야현은 붉은 혀로 입술을 핥았다.

"하나는 빛나는 별이되 별이 아닙니다."

"……?"

"군성(群星). 하나하나는 미약한 별이지만 모여서 그 무엇보다 밝은 빛을 내는 군성."

"소림인가?"

"소림이되 소림이 아닙니다."

"소림인데 소림이 아니다?"

"흑림."

야현은 흑승 백료를 떠올렸다.

"흑승?"

야현의 반문에 초량이 고개를 끄덕였다.

"흑림이라."

"이제 보실 수 있을 겁니다."

동시에 야현의 고개가 초입으로 돌아갔다.

"소림에도 천기를 읽는 노승이 한 분 계시지요. 아마 그 분도 천기를 읽고 흑림을 연 모양입니다."

초입을 바라보는 야현의 눈매가 가늘어지기 시작했다.

제3장

일단 죽어주시지요

"크크크크."

야현은 밖으로 향했던 시선을 거두며 나직하게 웃음을 터트렸다. 살기가 진득하게 묻어나오는 웃음. 그 웃음에 초량이 한차례 바르르 떨었다.

"목 내놓겠다고 하더니 제 살길을 열어놓고는 있었군."

"제 일생에 마지막 기회입니다. 살면 함께 사는 것이오, 죽으면 혼자 죽는 것이지요. 산다면 이름을 남길 것이오, 죽는다면 그걸로 끝인 거지요."

초량은 살기에 눌려 파리한 안색이었지만 광기 어린 눈으로 야현의 눈빛을 맞받아쳤다.

"훗."

야현은 그 광기에 가벼운 미소를 드러내며 말을 이었다.

"단도직입적으로 묻지. 모두 죽이는 게 낫나? 아니면 피하는 게 낫나?"

"모두 죽인다면 공을 따를 것이고."

초량이 잠시 입을 닫았다가 다시 말을 이었다.

"마주치지 않고 피한다면 공의 바짓가랑이라도 잡고 매달릴 생각입니다."

"그게 그거 아닌가?"

"다릅니다."

"그렇다면 피하는 것으로 하지."

"하지만 피하시기에는 이미 늦은……."

이미 검은 승복을 입은 세 명의 승려가 숲에서 모습을 드러냈다.

"그대가 말하지 않았나? 본인의 별이 가장 빛난다고."

파악!

그 순간 검은빛이 둘이 앉아 있던 탁자를 중심으로 휘감았다.

"음? ……헙!"

갑작스러운 빛에 시린 눈을 비비고 다시 뜬 초량의 입에서 헛바람이 터졌다. 지금 자신은 조금 전까지 머물렀던 초옥이 아닌 어느 높은 산 정상에 있었다.

"화, 환술입니까?"

걸음이라도 내디뎠다면 축지법과 같은 도술을 생각할 수 있겠지만 그냥 앉아 있었던 것이 다였다. 그런데 빛과 함께 주변 환경이 바뀌었으니, 만약 장소가 자신이 야현에게 초대를 받아 간 곳이라면 진법을 생각할 수 있겠으나 자신의 초옥이니 환술 외에는 마땅히 짐작할 수 있는 것이 없었다.

"그 전에 할 게 있을 듯싶은데."

야현의 말에 초량이 자리에서 일어났다.

그리고 대례를 올렸다.

"공을 따라 견마지로를 할 기회를 주십시오."

"본인은 말이야."

야현의 말에 초량의 몸이 움찔거렸다.

"그대의 말을 믿을 수 없어."

"……."

"본인은 그대를 죽이러 왔어."

야현은 염력으로 초량을 강제로 일으켜 세웠다.

"그대의 말은 좋지. 하지만 본인이 무엇을 믿고 그대를 품을 수 있겠나?"

야현은 등받이에 몸을 기대며 말을 이었다.

"특히 그대의 별호가 만박자이지? 세상에 모르는 것이 없다 해서."

"그렇습니다."

"그런데 본인이 보기에 그대의 무서움은 지식이 아니야. 뛰어난 머리이지."

"그래서 더더욱 공께 제 능력이 필요한 거 아니겠습니까?"

"아니, 그래서 더 위험해. 다른 것은 몰라도 그대가 암계를 꾸미면 알아차리기 힘들거든."

초량은 입술을 지그시 깨물었다.

그가 생각했던 것은 이게 아니었다.

"그래서 죽이실 겁니까?"

야현은 아공간에서 양피지 한 장을 꺼내 그에게 내밀었다.

"이게 무엇인지요?"

"서방의 글도 읽을 수 있으니 서방의 이능인 마법에 대해서도 알고 있겠지?"

"서방의 도술로 이해하고 있습니다."

"그거야. 종속의 인장이라고, 그 계약서지."

야현이 입꼬리를 말아 올렸다.

"판단은 그대의 몫이야. 지금 여기서 죽든지, 아니면 살아서 이름을 남기든지."

초량의 얼굴이 딱딱해졌다.

"흠."

그리고 흘러나온 침음.

"그 침음."

"……?"

"본인이 그대를 믿지 못하는 이유야."

정곡이 찔렸는지 초량의 눈매가 꿈틀거렸다.

"하하하하."

그러더니 이내 웃음을 터트렸다.

"부디 이 이름을 남기도록 해 주십시오."

"선택한 건 그대야. 본인이 아니고. 본인은 그대를 죽이러 왔다고."

"어떻게 하면 되겠습니까?"

"거기 하단에 보이는 곳에 피 한 방울 떨어뜨리고 찢어."

"알겠습니다."

결심을 굳혔는지 초량은 약지를 이빨로 깨물어 양피지에 핏물을 떨어뜨리고 단숨에 찢었다.

양피지는 먼지가 되어 사라지고 그 자리에 붉은 연기가 만들어졌다. 붉은 연기는 초량의 몸으로 스며들었다.

"앞으로 신명을 받쳐 모시겠습니다."

초량은 마나가 몸에 스며들자 한차례 몸을 파르르 떤 후 이내 정신을 차리고 깊게 허리를 숙였다.

"죽기 싫으면 그래야지."

야현이 흡족한 미소를 지었다.

*　　　　*　　　　*

하남에서 호북으로 넘어가는 어느 야산 중턱.

달빛 아래 모닥불 하나가 피워져 있었다.

그리고 그 모닥불 위에서는 토끼 한 마리가 익어가며 구수한 향을 퍼트리는 중이었다.

"캬하."

죽엽청 한 모금을 마신 걸취가 입맛을 다시며 토끼 뒷다리를 하나 찢어 입으로 가져가려는 그때였다.

사박 사박!

낯선 발걸음 소리에 걸취는 입으로 가져가던 토끼 뒷다리를 내리며 고개를 돌렸다. 발걸음 소리는 들리는데 기운이 느껴지지 않았기에 걸취의 표정은 굳어졌다.

"오랜만입니다."

"너는?"

야현의 부드러운 인사에 걸취의 눈매가 가늘어졌다.

"오랜만이군."

앉아도 좋다는 듯 걸취가 토끼 뒷다리를 든 손으로 맞은편을 가리켰다.

"훗."

야현은 짧은 웃음을 터트리며 모닥불을 쳐다보았다.

훅!

바람 한 줄기도 불지 않았는데 모닥불이 순식간에 꺼졌다.

한순간 사위가 어두워지고 차가운 바람 한 줄기가 따뜻하던 자리를 대신 차지했다.

"……!"

걸취가 잠시 황망하게 모닥불을 쳐다보다 야현을 향해 시선을 돌린 순간, 그의 눈에 시퍼런 검날이 들어찼다.

"헙!"

걸취는 토끼 뒷다리를 야현의 얼굴을 향해 던지며 옆으로 몸을 굴렸다. 그리고 빠르게 타구봉을 빼 들었다. 그러나 그 자리에 야현은 없었다.

저벅!

왼쪽에서 들려온 기척.

걸취가 빠르게 몸을 틀었다.

"무림에 법도가 있거늘."

그의 호통에는 노기가 가득 담겨 있었다.

아무리 안 좋은 뜻으로 찾아왔다고 해도 다짜고짜 검을 휘두르다니.

"죽고 죽여야 하는 상황에 법도라니. 홋!"

야현이 차가운 실소를 드러냈다. 그러고는 다시 걸취를 향해 걸음을 내디뎠다.

*　　　*　　　*

"이러는 이유가 뭔가?"

걸취는 일단 흐름을 끊기 위해 말을 건넸다.

그러나.

쐐애애애애액!

돌아온 대답은 시퍼런 검날이었다.

캉!

걸취는 이를 악물며 타구봉으로 야월의 면을 흘리듯 쳐 냈다. 그리고 뒤로 물러나는 것이 아니라 오히려 야현의 품으로 파고들며 일장을 내질렀다.

쿠웅!

걸취의 진각 울림이 심상치 않았다. 그로 시작된 웅후한 기운이 걸취의 손에서 폭사되었다. 개방 방주의 독문 무공인 항룡십팔장의 일초였다.

펑!

허공의 공기가 갈기갈기 찢어지고.

"……!"

걸취의 눈이 부릅떠졌다.

바로 눈앞에 있던 야현의 신형이 사라진 것이다. 애초에 그 자리에 없었던 것처럼.

휘이잉!

밤에 부는 스산한 바람.

사락 사라락!

그 바람에 흔들리는 풀잎과 나뭇잎들.

걸취는 빠르게 주변을 살폈다.

보이지 않았다.

기감을 끌어올려 주변 기운을 훑었다. 역시나 아무것도 잡히는 것이 없었다.

걸취는 지그시 입술을 깨물었다.

마치 자신이 환각에라도 빠져 허우적거리고 있는 것이 아닌가 하는 착각이 들 정도였다.

휘이이잉—

바람이 불고 시간이 흘렀다.

일각, 일각, 그리고 몇 각이 지나…….

화르륵!

걸취는 갑자기 주위가 환해지는 느낌에 주변을 둘러보았다.

어두운 밤을 모닥불이 밝혀 주고 있었다.

"……?"

모닥불은 아까 꺼지지 않았던가.

걸취는 고개를 돌려 모닥불을 쳐다보았다. 언제 꺼졌느냐는 듯 모닥불은 활활 타고 있었다.

그렇게 다시 시간이 흘렀다.

일각, 이각…….

"흠흠?"

시간이 흘러가면서 모닥불 위에 놓인 토끼가 타는 냄새가 걸취의 코를 쿡쿡 찔렀다. 그와 함께 팽팽하게 당겨진 긴장감도 서서히 옅어졌다.

"내가 꿈을 꾼 것인가?"

한번 흐트러진 마음은 한순간에 전부 무너지는 법.

걸취는 잠시 머뭇거리다가 타구봉을 내렸다. 물론 그러면서도 주변을 다시 한 번 꼼꼼히 훑고 주변 기운을 살피는 것을 잊지 않았다.

"허허!"

걸취는 헛웃음을 터트리며 타구봉을 허리춤에 찼다.

"술을 끊어야 하나?"

술에 미치면 헛것을 본다는 이야기가 떠올랐다. 긴장감 때문인지 아니면 술 때문인지 경련이 이는 손을 쳐다보며 중얼거렸다. 그러다 고기 타는 냄새에 걸취가 얼굴을 찌푸리며 빠르게 몸을 돌렸다.

"아이고 이 아까운……."

돌아서는 걸취 앞에 한 인물이 서 있었다.

"……."

야현이었다.

눈앞에 서 있는데 아무런 것도 느껴지지 않는다. 마치 허공에 그를 그려놓은 것처럼, 아니면 애초에 그 자리에 뿌리박고 있는 하나의 바위처럼.

하지만 눈앞의 이는 허상이나 무생의 바위가 아니었다.

히죽!

야현이 차가운 웃음과 함께 새하얀 송곳니를 드러냈다.

"갈!"

그제야 멍한 정신이 돌아왔다.

조금 전의 일합은 환각이 아니었다. 빠르게 정신을 차린 걸취는 마치 반사 작용처럼 일장을 내지르려 했다.

푹!

그러나 그것보다 야현의 검, 야월이 먼저였다.

"컥!"

복부에서 타는 듯한 고통이 등골을 타고 머리를 흔들었다.

"꺼억!"

걸취는 끊어지는 숨을 힘겹게 이으며 시선을 아래로 내렸다. 복부에 깊숙이 박힌 검이 눈에 들어왔다.

"큭!"

잠시 후 걸취의 몸이 바르르 떨리고, 이내 무릎이 꺾였다. 야현은 그런 걸취를 부드럽게 포옹하듯 안았다.

"끄으."

"왜 이러냐고 아까 물었지요?"

야현은 친근한 목소리로 말하며 걸취에게 박힌 야월을 비틀었다.

"커억!"

고통 어린 신음.

"대답해드릴까요?"

야현은 그 신음을 자신의 물음에 대답이라도 한 것처럼 여기며 말을 이어갔다.

"컥컥!"

"그렇게 궁금하시다는 대답을 해드리지요."

야현은 부드러운 미소로 담소를 나누듯 말했다.

"꺼어어!"

"그대는 너무 많은 것을 파고들었습니다. 그냥 조용히 계셨으면 좋았을 텐데."

꽉!

걸취가 야현의 어깨를 움켜잡았다.

"이런."

야현은 걸취를 품에서 떨어뜨리며 난감한 표정을 지었다.

"부족하다고요?"

야현의 어깨를 잡고 있던 걸취의 손이 더 강해졌다.

"이런, 이런."

야현은 검지로 뺨을 긁었다.

"죽은 자의 소원도 들어준다는데 말씀해드리지요. 본인은 친절하니까."

야현이 씨익 웃음을 지으며 걸취의 배에 박힌 야월을 천천히 뽑았다.

"본인의 걸음에 그대와 개방이 너무 걸리적거리더군요. 그래서 지우기로 했습니다. 깨끗하게."

"아, 안……."

푸학!

야현은 뒤로 크게 한 걸음 물러나며 걸취의 배에 박힌 야월을 뽑았다. 걸취의 배에서 한 바가지가 넘는 피가 뿜어져 나왔다.

서걱!

뒤로 물러난 야현은 단숨에 걸취의 목을 잘라 버렸다.

툭!

걸취의 목이 바닥으로 툭 떨어져 내렸다.

야현은 야월을 아공간에 넣으며 목 잘린 걸취를 내려다보았다.

"이처럼 쉽게 죽일 수 있을 줄은 몰랐는데……."

마치 인간이었다가 뱀파이어가 되어 처음으로 인간을 수수깡 꺾듯이 죽였을 때 느꼈던 감정을 다시 경험하는 듯했다.

"무공이라는 게 참으로 좋군. 좋아."

야현은 활짝 편 손을 말아 주먹을 쥐며 히죽 웃었다.

"이럴 줄 알았으면 소림의 흑승하고도 한 번 부딪혀 볼 걸 그랬나?"

야현은 초량이 일러 준 소림사 노승, 일암이 떠올랐다.


"흑림에 대해서 듣고 싶군."

"존재하지 않는 곳인 동시에 존재하는 곳입니다."

야현의 물음에 초량의 대답.

"흑림에 대해서는 저 역시 자세히 아는 바가 없습니다."

"아는 바가 없다."

"우연히, 마교의 무림사를 연 초대 천마와 중원 문파간의 대전인 천마혈전에 관련된 야사에서 한 줄의 글귀를 본 적이 있습니다. 소림이 살계를 열자 스스로 지옥에 가겠다며 무승들이 검은 승복을 입고 칼을 들었다."

초량의 말에 야현의 흥미가 동했다.

"야사가 때로는 진실을 말하기도 하는 법입니다. 물론 그때 야사를 본 뒤로 흑림에 관해서는 잊고 있었지요. 그런데 다시 흑림에 관한 기록을 찾았습니다. 무림의 야사에서."

"그리고?"

"찾아오는 이 없고, 찾아갈 이 없고."

말하는 도중 초량의 입가에 씁쓸함이 잠시 묻어나왔다가 사라졌다.

"그래서 직접 무림 서열록을 만들기로 마음을 먹고 천하를 주유했습니다. 그리고 그 시작은 소림사였습니다. 그곳에서 우연히 검은 승복을 입은 무승을 보았습니다."

"우연이 겹치면 필연인 법."

"그렇습니다. 그리고 그때 흑림의 존재도 알게 되었습니다."

"소림이 흑림이라는 증거는?"

"심증 정도? 일단 저도 살아야 하니 흑림의 존재는 감췄습니다. 다만 흑림의 일인 중 한 명인 백료의 존재만 서열록에 거론하였습니다."

"권왕?"

"그렇습니다. 제가 흑림에 대해서 알지는 못하지만 분명 흑승 백료는 흑림에서 가장 뛰어난 이가 아닐 것이라 판단만 하고 있습니다."

'일종의 비밀 신성 기사단, 아니, 그보다 평생 은신의 삶을 사는 몽크와 비슷하겠군.'

야현은 비릿한 미소를 지었다.

"그 흑림을 이끌어가는 이가 일암입니다. 세간에는 알려지지 않은 노승이지만 현 방주의 사숙조가 되는 이입니다. 아울러 소림사 원로회를 이끌고 있습니다."

"천기를 읽는다는 그 노승이군."

"그렇습니다."


"일암, 일암이라⋯⋯."

기억을 더듬어 중얼거리던 야현의 신형이 그 자리에서 사라졌다.

동이 틀 무렵, 가장 짙은 어둠이 깔린 밤.

숭산(嵩山).

그 중턱에 위치한 소림사.

그리고 숭산 정상으로 이어지는 자그만 숲길로 이어진 암자들.

야현은 어느 고목 위에서 수 채의 암자 중 한 암자를 내려다보고 있었다.

그런 야현의 붉은 동공이 조금씩 커졌다.

투시.

권능으로 야현은 암자 안을 살폈다.

한 노승이 두 눈을 감고 가부좌를 튼 채 염주를 돌리고 있었다.

'저자인가?'

투시와 함께 확대를 통해 일암을 살피던 야현의 눈매가 꿈틀거렸다.

"……!"

명상에 잠겨 있던 일암이 눈을 뜨더니 고개를 돌려 시선을 마주하는 게 아닌가.

구오오오오오!

그 순간 마치 잠에서 깬 듯 끓어오르는 기운들.

소림 특유의 항마력이다.

전에 스쳐 지나가듯 느꼈던 항마력과는 차원이 달랐다.

"크크크크!"

뼛속까지 지독하게 파고들어 야현의 몸을 뒤흔드는 항마력에 야현은 미약한 신음을 흘리며 입술을 깨물면서도 마소를 터트렸다.

"와 보기를 잘했군."

야현은 고개를 들어 밤하늘에 떠 있는 보름달을 올려다보았다.

"천천히, 천천히. 어차피 시간은 본인의 편이니."

잠시 후 야현의 신형이 그 자리에서 사라졌다.

제4장

천하삼분지계라,
그대가 본인의 와룡입니다

야풍장 장주실.

야현은 야풍장으로 도착하자마자 흑오와 초량, 카이만을 불렀다. 잠시 후 야현을 중심으로 흑오와 카이만, 그리고 이제 막 합류한 초량이 자리했다. 또, 혈랑문에 잠시 파견을 갔었던 베라칸이 돌아와 야현을 호위하고 있었다.

"어때?"

야현이 초량에게 물었다.

"속하의 감상 따위가 필요하겠습니까?"

"그래도 듣고는 싶군."

"속하의 눈이 틀리지 않았음을 확인했습니다."

"만족했다니 기분이 나쁘지 않군."

"솔직히 말씀을 올리자면, 나쁘지 않을 정도가 아닙니다."

초량은 야현을 그저 한 마리 잠룡이라 여겼다. 사실 초량에게 야현은 차선 중 차선이었다. 마교로 가는 것이 가장 큰 한 수였지만 이미 마교에는 마뇌가 있다. 또한 소림사로 가기에는 자신의 도량과 달라도 너무나도 다르다.

그래서 어쩔 수 없이 선택한 것이 야현이었다.

비록 맨바닥에서 시작해야겠지만 충분히 세상을 뒤흔들 자신이 있어서였다.

그러나 야풍장에 와서 알았다. 그는 잠룡이 아니다. 이미 거대한 한 마리 용이었다. 세상을 뒤흔들 준비를 마친, 아니 진즉부터 세상을 뒤흔들고 있는 그런 용.

세상을 어둡게 만들 이이니 먹구름과 번개를 동반하는 흑룡.

'나는 흑룡의 묵빛 여의주가 될 것이다.'

초량은 조용히 주먹을 말아 쥐었다.

"일단 개방 방주는 제거하기는 했는데, 남은 개방을 어찌할까?"

야현의 물음에.

"개방을 멸문시키는 것이 가장 최선책이기는 하오나 실

질적으로 무리가 따릅니다. 현 무림에서 가장 많은 방도수를 자랑하는 곳이 개방입니다. 방대한 조직이니 오히려 주요 수뇌부와 주요 거점만 무너트린다면 혼란이 가중되어 본 회의 입맛에 따라 정보를 좌지우지할 수 있습니다."

흑오가 대답했다.

그는 맞은편에 앉아 있는 초량을 흘깃 쳐다보며 빠르게 대답했다. 그로서는 초량이 신경이 쓰일 수밖에 없었다. 이미 만박자의 이름을 얻은 희대의 기재일뿐더러 서로 같은 지위에서 견줘야 하는 사이이기 때문이었다.

더불어 처음 독대를 나누는 자리에서 초량이 말했다.

'삼고초려의 와룡이 되고자 했으나 봉추가 된 초량이라 하오.'

자신이 있어 봉추로 밀려났다는 말.

'나는 봉추가 되었으나 방통처럼 죽지는 않을 것이외다. 나는 와룡 위에 설 봉추가 될 것이오.'

흑오는 에둘러 말했으나 절대로 양보하지 않겠다는 초량의 선전포고를 떠올렸다.

"동의합니다. 이 사안에서 가장 중한 것은 수뇌부와 주요 거점을 어디까지로 정할 것인가입니다. 많은 수의 수뇌부와 거점을 제거하면 본 회가 움직이기에 편해지겠지만, 정파 쪽의 경각심이 커질 것이고, 적은 수의 수뇌부와 거점을 제거하면 본 회의 움직임에 제한이 올 것이니 균형을 찾는 게 중요 쟁점이라 생각합니다."

아니나 다를까 초량 역시 제 뜻을 피력했다.

"카이만."

"예, 주군."

"그대가 보기에는 어떤가?"

"우히히히히."

카이만이 둘을 쳐다보며 특유의 괴소를 터트렸다.

"마음속으로 이미 정하신 듯하온데, 아니 그렇습니까?"

"그래도 수하의 뜻을 들어보는 게 주군의 미덕이 아닌가?"

"우히히히히."

카이만의 웃음에 야현이 고개를 돌려 흑오와 초량을 쳐다보며 입을 열었다.

"흑오."

"예, 주군."

"하오문을 비롯해 정보 조직과 전반적인 지침을 만드는 참모부를 맡아."

"명."

"초량."

"하명하십시오."

"그대는 참모부에서 내려오는 지침을 기본으로 삼아 실질적인 작전을 구상하고 지휘하는 사령부를 맡아."

"명."

둘 다 나름 만족하는 분위기.

사실상 흑오의 경우 어느 정도 지휘권이 축소되었지만 지금까지 맡아오던 일에서 크게 변하지 않았고, 초량은 실질적 작전을 지휘함으로써 그의 뜻대로 그의 이름이 화자될 수 있는 여건을 마련했기 때문이었다.

"흑오는 이른 시일 내에 개방에 관해 지침을 마련하고, 초량 그대는 그 사이 회의 군사력 전반에 대해 세세히 알아둬."

"명."

"명."

"특히 초량."

"예, 주군."

"그대의 역량을 볼 것이야."

"알겠습니다."

"주군."

회의가 마무리되는가 싶더니 흑오가 말문을 열었다.

"소림의 흑림과 천마에 대해 들었습니다."

흑오의 말에 야현의 입가에 진득한 미소가 그려졌다.

"이제까지의 계획을 철회하고 새로이 잡아야 할 거 같습니다."

흑오는 초량을 의식하는지 다시 그를 빠르게 스쳐 지나가듯 쳐다보며 말했다.

"짜놓은 판이 있나?"

"천마와 흑림에 대해 알았으니 어느 정도 조율할 필요가 있습니다."

"그래서 그대가 구상하는 판은?"

"천하삼분지계입니다."

"호오."

야현이 나직하게 감탄사를 터트렸다.

"흥미가 동하는군."

야현이 등받이에서 등을 떼고 흑오를 향해 얼굴을 가져갔다.

"일단 마교는 폐쇄성을 띠고 있어 현 상황에서 어떻게 할 수 없기에 놔두고, 우리가 판에 끌어들일 수 있는 세력은 정파 세력, 그리고 사도련입니다."

"그래서?"

"뒤늦은 감이 있지만 혈랑문이 백문대전에서 당당히 사도련 사사가(邪四家)의 자리에 올라섰습니다."

"늦었지만 보고를 받았었지."

"원 목적은 혈랑문을 이용해 사도련 내부를 뒤흔드는 것이었지만 흑림과 천마가 존재하는 이상 사도련이 갈라지는 한이 있어도 혈랑문을 중심으로 손아귀에 넣는 것이 좋을 듯합니다."

"오대세가도 가지고."

"그러려면 주군께서 두 얼굴을 가지실 필요가 있습니다."

"두 얼굴이라."

야현은 중얼거리면서 눈빛으로 말을 이어가라 표했다.

"사도련의 련주, 그리고 또 하나의 무림맹의 맹주이옵니다."

"흠."

야현은 침음과 함께 고민에 빠졌다.

좋은 의견이기는 하나 애초의 목적과 많이 달라진다.

사도련을 먹는다.

그러면 반발하는 세력이 있을 것이고, 일부가 떨어져 나갈 것이다. 그 세력은 당연히 독자적인 노선을 걷겠지만 훗날 무림 전체를 건 전쟁이 발발하면 마교 쪽으로 붙을 확률이 높다. 아울러 오대세가에서 제갈세가, 모용세가, 당가의 포섭은 확실하지만 황보세가와 남궁세가는 확신할 수 없다.

최악의 경우.

사도련 일부를 흡수한 마교.

소림과 무당을 중심으로 오파일방과 오대세가 중 남궁세가, 황보세가를 더한 무림맹.

그리고 본인을 중심으로 사도련과 오대세가를 더한 회.

이렇게 세 개의 세력으로 나뉘게 될 것이다.

'최악의 경우라도 세력의 균형을 맞출 수 있겠어.'

더욱이 서방의 세력도 남아 있다.

'사도련이라.'

사도련을 흡수한 후, 서방을 정리한다. 그리고 서방의 힘으로 중원을 접수한다.

히죽.

야현의 입가에 미소가 지어졌다.

"개방에 관한 상황은 초량에게 넘기고 일단 사도련부터 판을 짜 봐."

"명."

야현이 뜻을 받아들이자 흑오는 좀 더 다부진 목소리로 복명하고 장주실을 나갔다.

회의가 파하고 야현은 흑오를 따로 불러들였다.

"섭섭한가?"

"아닙니다, 주군. 어느 정도 예상한 바입니다."

조직이 커지면 많은 인재가 영입될 것이고, 그중 자신의 자리를 위협할 이도 있을 거라 염두에 두고 있었다. 하지만 그렇게 영입된 이가 초량이라는 거물일 줄은 몰랐었다.

"섭섭한 모양이군."

야현은 흑오에게서 감춘다고 감췄지만 마음 한구석에 앙금처럼 남아 있는 섭섭함을 보았다.

"흑오."

"예, 주군."

"그대는 내 사람이다."

흑오의 눈동자가 살짝 떨렸다.

"그리고 초량은 내 노예다."

그 사실은 몰랐던지 흑오가 고개를 들어 야현을 쳐다보았다.

"안 그래도 속이 시커먼 놈의 이마에 노예 인장이 떡 하니 새겨져 있길래 이상하다 했더니, 우히히히."

카이만이 야현의 말에 추임새를 넣었다.

"아마 그가 그대에게 와룡과 봉추 이야기를 했겠지? 아니면 장자방이나."

정확하게 집어냈다.

그리고 흑오는 다시금 느꼈다.

눈앞에 앉아 있는 이, 주군 야현.

그는 결코 강력한 위엄으로 아랫사람을 거느리는 이가 아니다. 자신과 초량이 와룡과 봉추라면 야현은 유비가 아닌 뛰어난 지략을 갖춘 조조다. 달리 보면 자신과 초량이 없다고 해도 몸은 고달플지언정 큰 문제 없이 회를 지휘할 수 있는 그런 이였다.

　"천하삼분지계."

　흑오는 긴장한 표정으로 야현을 입을 주시했다.

　"그대는 본인의 와룡이다."

　흑오의 눈에 희열이 담겼다.

　"그리고 와룡은 봉추보다 오래 살았다."

　야현은 흑오와 눈을 마주하며 말을 이었다.

　"이 정도면 그대가 충분히 알아들었으리라 생각한다."

　"속하의 불민함을 헤아려주셔서 감사합니다."

　야현은 손을 저어 나가보라 일렀다.

　흑오도 자리를 뜨고.

　"카이만."

　"예, 주군."

　"왕국에 한 번 다녀와야겠어."

　"……?"

　"주변 정세 좀 살펴봐. 내부도 좀 단속하고."

　"우히히히히. 설마."

야현이 카이만의 메마른 괴소에 히죽 하얀 이를 드러냈다.

"사도련을 손에 넣으면 그 힘으로 주변 몇몇 어둠의 왕국을 삼켜 뱀파이어 왕국을 제국으로 만들 생각이야."

"우히히히히!"

카이만은 통쾌한 괴소를 터트리며 자리에서 일어났다.

*          *          *

하북성 천진.

북경 바로 아래 위치한 성으로 하북성에 위치했지만 북경처럼 독립된 성이기도 하다.

모두가 잠든 새벽.

백여 명의 사내들이 천진에 모습을 드러냈다.

야현과 독고결이 이끄는 일통된 살문, 일살문의 살수들이었다.

"오늘 일살의 힘을 기대하지."

"기대하셔도 좋으실 겁니다."

자신에 찬 대답.

일살문은 그동안 살수들의 특성상 적랑단과 백월단에 밀려 제대로 된 싸움을 치른 적이 별로 없었다.

하지만 지금은 다르다.

일살문 살수 정예들은 뼈를 깎는 고통 속에서 수련을 통해 남궁세가의 무공을 습득했고, 어느 정도 완숙한 경지에 접어들었다. 아울러 뱀파이어의 피도 확실히 녹여낸 것이다.

그로 인해 일살문 살수들은 복면을 쓰고 살수행을 나서면 살수가 되고, 복면을 벗고 검을 들면 강력한 무력 단체가 되었다.

야현은 고개를 돌려 독고결과 그 뒤에 서 있는 갈위를 비롯해 현 작전상 복면을 쓰고 있는 살수들을 쳐다보았다.

살수 특유의 음흉한 살기는 이제 없었다.

그들의 눈동자에는 음산하지만 정광(正光)도 담겨 있었다.

"준비하지."

야현의 말에 갈위를 선두로 살수들이 어둠 속으로 스며들었다. 뒤이어 야현과 독고결의 신형도 사라졌다.


진천 남쪽 끝자락에 자리한 중규모의 장원.

그 장원은 여느 장원과 달리 문은 반쯤 부서져 있었고, 담벼락 곳곳이 무너져 있는 폐가였다. 그러나 폐가는 모닥불이 만들어낸 십수 개의 불빛과 사람들의 인기척으로 가득 차 있었다.

개방 총타.

폐가로 들어서는 길에 마치 연기가 모여 형체를 이루듯 야현이 모습을 드러냈다. 야현은 애초에 그 길을 걷고 있는 것처럼 자연스럽게 폐가 정문 앞에 섰다.

'후후.'

야현은 차가운 웃음을 지었다.

초량이 가져온 개방 작전은 애초의 구상과 달리 파격적이었다.

천진에 위치한 개방 총타를 시작으로 주요 분타인 북경 분타와 오파일방과 밀접한 하남 분타, 호북 분타, 섬서 분타를 단숨에 무너트리는 것이었다.

마법 병단의 지원 아래 호북은 혈왕문이, 하남은 적혈단이, 섬서는 백월단이 맡았다.

야현은 고개를 들어 달을 쳐다보았다.

지금쯤 시작했으리라.

"뉘시오?"

부서진 정문 문틈 사이로 한 거지가 얼굴을 쏙 내밀었다.

"밤이슬 피하려거든 저기, 저기로 가면 자그만 관제묘가 하나 있을 거요. 거기로 가시오."

길을 잃고 찾아오는 객들이 종종 있었던지 거지는 야현의 대답도 듣지 않고 귀찮다는 듯 북쪽으로 이어진 길을 가리켰다.

야현이 그의 말에 그저 웃음을 짓자 개방도가 짐짓 험악한 얼굴로 으름장을 놓았다.

"보아 하니 북경으로 가시는 서생 같으신데. 여는 댁 같은 샌님들이 오는 곳이 아니오."

쿵!

개방도는 주먹으로 대문 틀을 가볍게 쳤다.

손짓은 가벼워 보였으나 담긴 힘은 그렇지 않은 듯 대문 지붕 위 기왓장이 들썩이다가 몇 장이 바닥으로 떨어졌다.

"아무리 무림에 대해 깜깜하다 해도 개방에 대해서는 귀동냥을 했을 터, 괜히 흉한 꼴 보기 싫으면 썩 가시오."

개방도가 성가신 표정으로 다시 돌아가려는 순간,

"음?"

그의 몸이 석상처럼 굳어졌다.

"……."

개방도는 당황한 나머지 무언가를 외치려 했지만 입만 벙긋벙긋 거릴 뿐 목소리는 새어 나오지 않았다. 잠시 후 개방도의 몸이 허공으로 둥둥 떠올라 야현이 서 있는 방향으로 틀어졌다.

히죽 웃는 야현의 웃음.

그리고 뾰족 튀어나온 송곳니.

그 모습을 보자 한 인물이 그의 머릿속에 떠올랐다.

요즘 개방에서 예의 주시하는 인물, 야현.

'아, 알려야 해!'

개방도는 야현의 웃음으로 그가 우연히 이곳에 온 것이 아님을 알아차렸다. 아울러 좋은 의도로 찾아온 것이 아님도.

야현은 허공에 뜬 개방도의 허리춤을 쳐다보았다.

세 개의 매듭이 보였다.

"총타는 총타인 모양이군요. 분타주를 맡을 이가 고작 대문을 지키고 있으니."

야현이 입을 여는 동시에 개방도의 몸이 그의 앞으로 끌려갔다.

"쯧."

야현은 개방도의 목을 쳐다보며 미간을 찡그렸다.

"가끔은 수하의 말을 들어줘야 하니."

야현은 아공간에서 독한 위스키 한 병을 꺼내 개방도의 목에 부었다. 이어 깨끗한 수건으로 개방도의 목을 닦아냈다. 뾰족한 송곳니가 더욱 길어졌다. 개방도의 목에 송곳니를 가져다 대던 야현은 별안간 움직임을 멈추고 얼굴을 찌푸리며 뒤로 물러났다.

"쩝."

야현은 아공간을 뒤적여 하나의 물건을 꺼냈다.

그건 바로 얇은 관(管)이었다.

특이한 점은 한쪽 부분이 매우 날카롭고 뾰족하다는 것이었다.

"역시 빨대는 심장에 꽂아야 제맛이지."

개방도의 몸이 마치 침상에 누운 것처럼 가로로 뉘어졌다.

폭.

야현은 철로 만든 얇은 관을 개방도의 심장에 찔렀다.

개방도의 눈이 부릅떠지고 얼마 지나지 않아 관으로 붉은 피가 흘러나오기 시작했다. 야현은 관을 통해 개방도의 피를 흡수하기 시작했다.

쿵!

개방도의 시신이 바닥으로 떨어지고.

"흠."

야현은 개방도의 지식을 빠르게 훑었다.

"생각보다 간단하군."

야현이 눈을 다시 떴을 때였다.

"똥이라도 푸냐? 왜 이리 안 와?"

다른 개방도가 봉두난발의 머리를 벅벅 긁으며 밖으로 나왔다.

"음?"

야현을 보고 고개를 갸웃거리던 개방도의 시선이 바닥에 쓰러진 개방도에 닿았다.

"……!"

시신을 확인하고 놀란 개방도의 눈앞에 야현이 단숨에 모습을 드러냈다.

퍽!

그리고는 개방도의 가슴을 밀듯이 걷어찼다.

우지끈 콰당!

야현의 일격에 개방도가 뒤로 날아가 대문과 부딪혔다. 그나마 형태를 유지하고 있던 대문이 부서져 버렸다.

"후우—."

야현은 자욱하게 피어나는 먼지에 손으로 부채질하며 안으로 들어갔다.

"누구냐?"

어느 개방도의 살기가 담긴 외침.

야현은 그 외침을 못 들은 것인지 장원 안을 천천히 둘러보았다.

장원 규모치고 마당이 제법 넓었다.

'그건 아닌가?'

장원 안에는 허물어져 가는 건물이 달랑 세 채였다.

넓은 바닥 곳곳에 주춧돌 흔적이 보이는 것으로 보아 대부분의 건물은 철거한 모양이었다. 그렇기에 마당이 매우 넓어졌고, 넓게 보인 것이었다.

"누구냐고 물었다!"

야현의 대답이 없자 개방도가 다시 분기를 담아 외쳤다.

"본인의 뒤를 쫓으면서 몰라보시다니 섭섭하군요."

그제야 야현이 싱긋 웃음을 지으며 대답했다.

"좋은 의도로 오신 건 아닌 듯하외다."

중앙 본채에서 장년인으로 보이는 백발의 사내가 걸어 나왔다.

'여덟. 팔결이라.'

저 나이에 후개일 리 없고, 후개인 걸개아는 본 적이 있으니.

'부방주로군.'

야현은 맛 좋은 먹잇감을 발견한 듯 혀로 입술을 가볍게 핥으며 어깨를 으쓱 들어 올렸다.

"본인은 애초에 적을 만들지 않는 주의라서."

야현은 어느새 주위로 모인 근 이삼백 명의 개방도를 한 번 둘러본 후 다시 부방주를 쳐다보았다.

"그러나 어디 세상사가 마음대로 됩니까? 어쩔 수 없이 생긴 적은."

야현은 말꼬리를 슬쩍 흘리며 말을 끊었다.

그에 개방도는 은은한 살기로 화답했다.

"죽입니다. 깔끔하게."

"갈!"

어느 개방도가 야현을 향해 달려들며 타구봉을 휘둘렀다.

서걱!

야현은 기다렸다는 듯이 아공간에서 야월을 뽑아 개방도와 그가 휘둘렀던 타구봉까지 단칼에 잘라 버렸다.

"꺽!"

아주 미약한 신음, 단발마와 함께 개방도의 몸이 반으로 갈라지며 피를 뿌렸다.

"오냐! 오늘 네놈을 잡아 무슨 흉계를 꾸미는지 알아내겠다!"

부방주는 분노에 찬 목소리로 소리쳤다.

"방도들은 타구진을 펼쳐라!"

"으허허허!"

"가자, 가자! 미친개를 때려잡으러!"

"얼씨구나! 미친개에는 몽둥이가 약이지!"

개방도들은 묘한 박자를 담아 소리치며 야현의 주위를 둘러쌌다. 대략 그 수는 삼백.

쿠웅!

개방도는 일제히 다리를 굴리며 기세를 끌어올렸다.

북경 분타에서 한 번 경험했던 타구진이었다.

총타는 총타인 듯 그때와 달리 몸에 실리는 저들의 기세가 더 엄중하고 무거웠다.

"크크."

입술 사이로 흘러나오는 조소.

자신도 달라졌다.

그때와 다르게.

야현은 서서히 좁혀오는 타구진의 기운을 느끼며 허공으로 몸을 띄웠다. 그리고 허공에 섰다.

오늘의 주인공은 자신이 아니다.

'귀여운 나의 군사들이지.'

야현이 오른팔을 털자 미스릴로 만들어진 팔찌가 툭 떨어졌다.

'내공의 좋은 점이 바로 이것이지.'

야현은 내공에 뱀파이어 특유의 사기를 섞어 팔찌로 밀어 넣었다. 그러자 민짜의 팔찌 표면에 검게 빛나는 선들이 만들어지기 시작했다.

*"일어나라, 나의 군사들이여!"*

엄청난 내공이 팔찌로 쭉 빨려 들어갔고.

쏴아아아!

팔찌에서 검은 빛줄기가 하늘로 치솟아 오르더니 수십 수백의 빛들로 갈라져 소나기처럼 땅으로 떨어져 내렸다.

크르르르르!

잠시 후 땅거죽이 흔들리더니 뼈들이 툭툭 튀어 올라왔다.

스켈레톤들이었다.

그 수는 도합, 천.

"타구진의 진정한 위력은 타구진을 구성하는 수가 일천이 되어야 한다지요?"

야현은 허공에서 부방주를 내려다보며 말을 한 뒤 소리쳤다.

*"개진!"*

『키키키키키.』

『키히히히!』

일천의 스켈레톤들은 귀성을 터트리며 야현의 사념에 따라 타구진을 형성하기 시작했다.

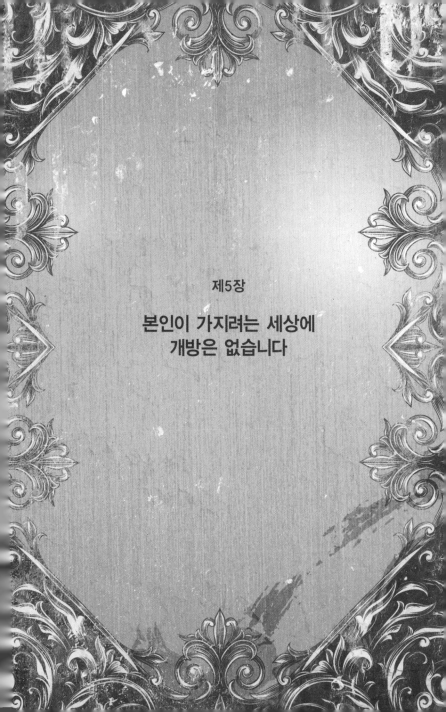

제5장

본인이 가지려는 세상에
개방은 없습니다

문파마다 그 문파를 대표하는 진법이 있다.

소림의 나한진과 무당에 있는 칠성검진 등이 그러하다. 그중 유명한 몇 개의 진법을 꼽자면 대부분 가장 먼저 언급되는 진법은 소림의 나한진과 개방의 타구진이다.

개방 타구진.

순수한 진의 위력만 따지자면 오파일방, 오대세가의 진법보다 약하면 약했지 강하지 않다. 그러나 무림인들은 개방의 타구진을 무서워한다.

타구진의 무서움은 진법 자체가 아니다.

바로 타구진을 만들어 내는 사람의 수다.

일천 명이 만들어 내는 타구진.

최대 일만 명이 만들어 내는 타구진.

개방 특성상 개방도의 무공은 난잡하게 느껴질 정도로 다양하다. 그리고 무공의 수위도 천차만별이다. 그렇다 보니 개방의 타구진은 다른 진법들과 달리 정밀하지 못하다.

개방 특유의 요체를 타 문파가 알기란 힘들지만, 적어도 타구진이 어떻게 형성되어 발진되는지는 다른 문파들도 잘 알고 있었다. 그리고 요체는 달라도 그와 엇비슷하게 만들 수도 있다. 그 말인즉 진법에 대한 이해도가 조금만 있으면 어느 정도 따라 할 수 있다는 뜻이다. 그리고 각 문파의 요체를 담으면 타구진을 뛰어넘을 만한 진법을 만들 수 있다는 말이기도 했다.

모든 문파들이 그 사실을 알고 있지만 따라 하지 못한다.

그 이유는 단 하나.

문파 제자들의 수다.

진법을 구성하는 데 천 명의 제자들을 동원할 수 있는 문파도 몇 안 된다. 천 명으로도 그럴진대 일만 명을 동원하여 진법을 만든다는 것은 어불성설이다.

개방이기에 만들 수 있는 진법.

그게 타구진이고, 그렇기에 무서운 진법인 것이다.

'하지만 본인은 가능하지.'

지금 당장이라도 흑마탑의 마법 병단 소속 흑마법사들을 모두 소집한다면 일만의 스켈레톤을 소환할 수 있다.

'주요 요소요소에 다크 나이트나 듀라한을 넣으면 재미있어지겠군.'

쿵!

무거운 진동이 짧게 이어진 야현의 상념을 깨트렸다.

『캬하아아아!』

『크하아악!』

스켈레톤들이 야현의 사념을 통해 마치 한 몸처럼 일제히 진각을 밟으며 뼈로 된 짧은 몽둥이, 골곤(骨棍)을 쳐들며 귀성을 터트린 것이다.

"이, 이건……."

"타, 타구진? 타구진이 어찌……."

안 그래도 뼈다귀로만 구성된 요물, 스켈레톤들의 등장만 해도 놀라 기겁을 할 정도인데, 귀물들이 타구진까지 형성하여 개진하니 정신을 차릴 수가 없었다.

『키히히히, 카핫!』

『카르르, 캇!』

스켈레톤들은 기괴한 괴소와 함께 기합을 터트리며 개방도들을 향해 일제히 몽둥이를 내려쳤다.

퍼버벅!

황망함에서 벗어난 이들도 있지만 그렇지 못한 이들도 있는 법.

"으악!"

"컥!"

몇몇 개방도가 스켈레톤들이 휘두른 골곤에 머리가 깨지거나 어깨가 부러지며 쓰러졌다.

"갈!"

그 순간 부방주가 몸을 훌쩍 날려 중앙에 내려서며 목소리에 내력을 담아 소리쳤다.

"타구진을 구성하라!"

부방주의 외침에 개방도들은 흐트러졌던 진을 빠르게 다시 구성하며 스켈레톤들의 공격에 대항하기 시작했다.

삼백 대 일천.

비록 스켈레톤들의 수가 개방도에 비해 세 배나 더 많았지만 부딪치는 족족 부서져 나가는 이들은 대부분 스켈레톤들이었다.

"일류 무인에도 못 미치는 것들이다. 겉모습에 현혹되지 마라!"

비록 합격(合擊)에 쓰러지는 개방도도 있었지만 그보다 부서지는 스켈레톤들의 수가 더 많았다. 빠르게 승부를 지을 수 있을 거라 여기며 제자들을 독려하던 부방주였다.

우악스럽게 고래고래 소리를 지르며 지휘하던 부방주의 말이 어느새 끊겼다.

드르륵.

마치 뼈가 갈리는 듯한 소리와 함께 부서졌던 스켈레톤들이 다시 일어서는 것을 본 까닭이었다.

부서져도, 깨져도 다시 일어나는 스켈레톤.

저 정도면 일천(千)이 아니라 일만(萬)이다.

부방주는 자연스레 입술을 깨물어야 했다.


인간은 한계가 있는 법.

그에 반해 스켈레톤들은 신성력이나 항마력으로 소멸되지 않는 이상 무한하다.

퍼버벅!

그런데 그때 장로로 보이는 몇이 단숨에 십여 구의 스켈레톤들을 부서트리며 진을 파기하더니 밖으로 빠져나갔다.

'스켈레톤은 스켈레톤인가?'

스켈레톤은 무한히 불러낼 수 있지만, 무시할 수 없는 약점이 있다.

바로 나약함, 그것이 개방 장로들에 의해 단숨에 드러난 것이다.

그래도 아예 소득이 없는 것은 아니다.

자신에겐 다크 나이트와 듀라한도 있고, 약점은 지우면 된다. 그러려면 좀 더 타구진에 대해 소상히 알아야 한다. 야현의 시선이 아래로 향했다.

중앙에서 이리 날뛰고 저리 날뛰며 애를 쓰는 부방주가 눈에 들어왔다.

야현은 그를 보며 입맛이 떨어진다는 표정을 지으며 손 가락을 튕겼다.

탁.

그 소리에 개방 총타를 뒤덮고 있던 분위기가 희미하나 마 바뀌었다.

일살문이 나설 차례.

아니, 개방의 이목이 스켈레톤들에게 쏠려 있어 그들은 미처 파악하지 못하고 있었지만 이미 일살문 살수들은 개 방 총타 내에 스며들어 자리를 잡고 있었다.

퍼버벅! 퍼석!

전음을 통해 빨리 북경 분타로 가 이 사실을 방주에게 알리라 밀명을 받은 장로가 스켈레톤 십여 구를 단숨에 부 수고 타구진을 벗어난 순간이었다.

쐐애애액!

음산한 살음이 개방 장로를 덮쳤다.

"……!"

개방에서 무력으로 수위를 다투는 개방 장로는 살수의 비검(秘劍)에 호락호락 당할 인물이 아니었다. 개방 장로는 빠르게 몸을 틀어 살수의 검을 피하며 일 장을 내질렀다.

펑!

살수는 그 일장을 무난하게 흘리며 다시 어둠 속으로 사라졌다.

'살수까지.'

개방 장로는 입술을 지그시 깨물며 타구봉을 억세게 움켜잡았다.

씨이익!

소리마저 죽인 검음.

캉!

개방 장로는 몸을 비틀어 검을 후려치며 살수의 목을 향해 타구봉을 내질렀다.

'음?'

살수의 움직임이 달라졌다.

음산함에 무게감이 실린 것이다.

무거운 중검, 하지만 가볍게 변하는 검초들.

"……!"

개방 장로의 눈이 부릅떠졌다.

살수의 검이 빠르게 변화하며 허리를 베어오는 게 아닌가. 그러나 문제는 그 궤적이 너무나도 익숙하다는 것이다.

'나, 남궁!'

살수가 펼친 검결은 남궁세가의 검이었다.

서걱!

"큭!"

빠르게 피한다고 피했지만 장로의 허리에는 긴 자상이 만들어지고 말았다.

"어, 어떻게?"

장로의 물음 아닌 물음.

살수는 살수답지 않게 크게 진각을 밟으며 검을 그었다.

쑤아아아아—

남궁세가를 대표하는 검.

창궁무애검법.

그 검법이 살수의 손에 펼쳐졌다.

단순히 흉내를 낸 것이 아니었다. 자신을 뒤덮어오는 살수의 검, 분명 남궁의 하늘을 담고 있었다. 다만 그것이 눈부시게 푸른 창공이 아닌 한바탕 빗물이 쏟아질 것만 같은 먹구름 가득한 잿빛 하늘일 뿐.

개방 장로의 눈에 혼란이 담겼다.

살수들의 교묘한 술책이라 여겼다.

그런데 그들이 펼친 것은 남궁의 진짜 검이었다.

'남궁에서 다른 일을 꾸미는 것인가?'

그런 의아심이 개방 장로의 머릿속을 가득 채웠다. 머리가 복잡해지니 움직임도 둔해지는 것은 당연지사.

서걱!

몇 수 지나지 않아 개방 장로는 살수의 검에 바닥으로 쓰러졌다.

독고결을 선두로 살수들이 타구진 안으로 뛰어들었다.

끝없이 몰아치는 스켈레톤들의 공격에 조금씩 지쳐가던 개방도였다. 살수들의 일격은 아슬아슬하게 유지되던 균형을 일시에 무너트리기에 부족함이 없었다.

서걱! 푸학—

"으아악!"

죽음의 단발마가 여기저기서 폭발하듯 터져 나오기 시작했다.

야현은 천천히 아래로 내려가 부방주 앞에 섰다.

"네놈의 정체가 무엇이냐?"

봉두난발에 여기저기 상처를 입은 부방주가 야현을 향해 여전히 꺾이지 않은 눈을 하고 있었다.

"이미 알고 있지 않나요?"

안다.

이미 그에 관해서는 신물이 날 정도로 알고 있었다. 하지만 모른다. 아는 것보다 모르는 것이 더 많았다.

"서, 설마."

부방주가 무언가를 떠올린 듯 말을 더듬었다.

"……황제의 뜻이냐?"

생전 듣도 보도 못한 귀물, 거기에 남궁세가의 검을 사용하는 살수들. 천하의 개방도 보지 못하는 곳이 있으니 그곳은 바로 황제의 보고다. 보고 안에는 소림의 역근경부터 천마의 천마신공까지 있다고 하니 정파, 마교, 사파 따지지 않고 어지간한 문파의 무공은 다 있으리라.

"그게 그렇게 해석이 되나요?"

야현은 난처한 웃음을 지었다.

"아닌가?"

"아닙니다."

야현은 친절하게 대답했다.

"그렇다면 다행이군."

"과연 그럴까요?"

야현의 말에 부방주의 몸이 부르르 떨렸다.

"당장은 아니지만, 천천히…… 아주 천천히 지워질 것입니다."

새하얀 송곳니가 드러났다.

"본인이 가지려는 세상에 개방은 없습니다."

송곳니를 드러낸 입술에서는 잔혹한 미소가 그려졌다.


                    *          *          *


자정이 훌쩍 지난 새벽.

자금성, 그리고 황제의 침소.

서탁 위에 가득 쌓인 상소를 한쪽으로 밀어내며 자리에서 일어나려던 황제 앞에 야현이 모습을 드러냈다.

"폐하."

야현이 허리를 숙였다.

"도어사가 아닌가?"

황제는 눈앞에 모습을 드러낸 야현을 보며 살짝 눈을 치켜떴다.

"그간 강녕하셨는지요."

"그대는 볼수록 짐에게 놀라움을 주는군."

황제는 손을 뻗어 맞은편에 앉아도 좋다는 허락을 내렸다.

"이런 야심한 시각에 피 냄새를 풍기며 짐을 찾아온 이유가 무엇인지 궁금하군."

황제는 서탁을 옆으로 치우며 야현과 마주했다.

야현과 황제 사이에는 그 어떤 방해물도 없었다. 침소에 멋대로 모습을 드러낸 것도 모자라 피 냄새가 가득한 야현을 황제는 평소와 별반 다르지 않은 대범함으로 맞이하고 있었다.

"북경에 개방 분타가 있사옵니다."

"있지."

"오늘 개방 분타를 지우려 합니다."

"호오."

북경은 황제가 기거하는 중심부이자 앞마당이다. 어느 무림 문파도 이 북경에서만큼은 싸움을 피한다. 물론 아예 없진 않지만 그렇게 벌어진 싸움들은 대부분 우발적으로 벌어진 것이지, 지금처럼 대놓고 피비린내 나는 싸움을 하겠다고 하는 이는 없었다. 더군다나 그 싸움이 소수가 하는 싸움도 아닌 대규모의 싸움이다.

"뭐라?"

황제의 눈썹이 슬쩍 올라갔다.

부리부리하게 뜬 눈, 그 눈빛에도 소소한 일을 통보한다는 듯 담담한 태도로 일관하는 야현이었다.

"푸하하하하!"

황제는 이윽고 대소를 터뜨렸다.

"문득 그대가 짐의 아들이었으면 하는군."

"되어드리오리까?"

야현의 반문에 황제는 피식 웃음을 터트렸다.

"말이 그렇다는 것이야. 말이."

황제는 자세를 고쳐 앉으며 말을 이었다.

"그대의 성정에 무림을 움켜잡으려고 하는 듯한데. 맞는가?"

"무림이라기보다 밤을 갖고 싶습니다."

"밤?"

황제가 의아한 반응을 보였다.

"황제 폐하의 빛이 닿지 않는 어둠. 그 어둠을 본인이 가질까 합니다."

황제의 미간이 좁아졌다.

"짐 앞에서 또 다른 황제가 되겠다?"

목소리도 차가워졌다.

"황제보다는 군왕 정도로 하지요."

"군왕이라."

"허울뿐인 황제의 이름을 얻겠다고 아득바득 폐하와 싸울 필요가 뭐 있겠습니까? 어차피 낮은 관심 없으니 밤을 지배하는 군왕 정도면 충분합니다."

"뻔뻔하구나."

황제는 심기가 불편한 듯했다.

그도 그럴 것이 자신의 눈이 닿지 않는 어둠을 가지겠다는 말은 곧, 천하를 양분하겠다는 뜻이니.

"짐이 허락하리라 여기는가?"

"어차피 폐하의 손길이 닿지 않는 곳. 본인이 가지면 폐하의 눈길도 닿을 터이니 손해를 보지는 않을 것이옵니다. 더불어."

"더불어?"

"윤왕 치에게도 도움이 되지 않겠습니까?"

황제의 눈매가 가늘어졌다.

"짐이 불허한다면 어찌하겠나?"

야현의 입꼬리가 보란 듯이 말려 올라갔다.

"듣고 싶사옵니까?"

"못 할 말을 하려 하는가?"

팽팽한 신경전.

"그냥 윤허해 주시지요."

"그래도 듣고 싶다."

황제와 야현 사이에서 강렬한 시선이 서로 맞부딪혔다.

"하라."

다시 내려진 명.

"윤허할 거라 여겨 달리 생각을 하지는 않았사오나."

"사오나."

황제의 억양이 강해졌다.

"만약 불허하신다오면."

반면 야현의 목소리는 부드러워졌다.

"용좌의 주인이 바뀔지도 모르겠습니다."

야현의 말에 황제의 눈이 부릅떠졌다. 이어 뺨이 바르르 떨렸다.

"이 자리에 치가 앉을 것이고?"

야현은 웃음만 지을 뿐 대답하지 않았다.

이내 황제는 표정을 풀었다.

야현은 자신을 충분히 죽일 수 있다. 알기에 품에 넣어 두려는 것이 아니던가.

"오만하다. 그런데 어울려."

황제는 그런 야현을 보며 낮게 으르렁거렸다.

"달라졌군."

황제는 고심 어린 눈으로 야현을 내려다보았다.

"그대를 막으려면 그대를 죽여야 하는데. 쉽지 않을 일 이고."

자칫 자신의 목숨까지 걸어야 하는 일.

"좋다."

고심 끝에 황제가 결정을 내렸다.

"가서 치를 데려오너라."

황제의 말에 내시가 물러가고, 잠시 후 주치가 안으로 들어왔다.

"아바마마, 부르셨나이까?"

"앉거라."

황제가 주치를 야현 옆에 앉혔다.

"둘은 짐이 보는 앞에서 죽음도 함께 맞이하는 형제의 연을 맺으라."

영문을 모르는 주치는 놀란 눈으로 황제와 야현을 번갈아 쳐다보았다.

"그리고 짐의 손길이 닿지 않는, 그대가 말하는 어둠을 가지면 그때 짐을 다시 찾아오라. 그리하면 짐은 그대를 양자로 받아들여 군왕의 직을 내리겠노라."

역사적으로 황실에서 양자를 두거나, 아니면 함께 피를 흘렸던 의형제에게 군왕의 직을 내린 적이 제법 있다.

어차피 야현을 가로막기란 쉽지 않은 일.

그럴 바에는 황실의 품으로 끌어안는 것이 더 낫다.

"폐하는 다르시군요."

"누구와?"

"있습니다. 본인의 손에 죽은 황제."

야현은 뒷말을 흐리며 속으로 삼켰다.

"감사하옵니다."

야현은 잠시 어리둥절해하는 황제에게 허리를 숙여 감사의 뜻을 밝혔다.


"주위의 음파를 모두 차단했으니 물어보고 싶은 거 있으면 말해."

야현이 궁금증을 참지 못하는 주치의 표정에 피식 웃음을 지으며 입을 열었다.

"어찌 된 일인가?"

주치는 기다렸다는 듯 입을 열었다.

"북경에 약간의 소란이 있을 걸세. 그래서 윤허를 받으러 왔지."

"폐하께서 말씀하신 어둠이 ……무림인가?"

"무림이지만 무림이 아닐지 모르지."

"그게 무슨 말인가?"

"말 그대로일세. 무림과 관, 폐하의 손이 닿지 않는 어둠, 그걸 본인이 가지려고 하네."

주치의 표정이 굳어졌다.

말이야 쉽다.

듣는 것도 쉽다.

하지만 담긴 뜻은 다르다. 쉽게 받아들일 수 없는 말.

"유, 윤허해 주시던가?"

"자네도 보았지 않은가?"

"폐하 성정에 윤허가 쉽지 않았을 터인데."

"어렵지도 않았지."

"……?"

"폐하도 목숨은 쉽사리 내던지지 못하시니 말이야."

야현의 말에 주치는 그만 입을 쩍 벌리고 말았다.

"자, 자네는 정말."

"멋지다고?"

야현은 주치를 향해 히죽 웃음을 지어 보였다.

"그나저나. 치."

"응?"

"자네를 지켜보는 눈이 제법 되는군."

야현의 말에 주치의 눈썹이 살짝 꿈틀거렸다.

"황태자 쪽인 모양이야."

"아마도 야심한 이 시각에 폐하를 만나 뵀으니 신경에 날이 설 법도 하지."

하지만 주치는 별일 아니라는 듯 담담하게 말했다.

"호오."

야현이 그런 주치를 보고 나직한 목소리로 반응했다.

"준비가 끝난 겐가?"

"열흘 후쯤 이 자금성에 피바람이 불 것이야."

"열흘이라."

야현은 주치의 말을 이어받아 중얼거렸다.

"시간이 될 듯하니 한 손 거들어 주지."

"그래 주겠나?"

주치의 표정이 꽤나 밝아졌다.

"그럼. 이제 우리는 형제가 아닌가?"

"하하하하. 든든하구만."

"형이 아우를 돕는 일이니 당연지사지."

야현이 날카로운 송곳니를 드러낸 채 웃으며 주치의 어깨를 두들겼다.

"자, 잠……."

주치가 뭐라 말을 더 꺼내기도 전에.

팟!

야현의 신형이 그 자리에서 사라졌다.


*       *       *


북경 분타, 관제묘.

황제가 있는 북경이라서 그런지 다른 곳과 달리 경계가 허술했다.

야현은 관제 밖, 모닥불 앞에서 잠을 자는 후개 걸개아 앞에 모습을 드러냈다.

"한심하군."

비록 한순간 이곳에 모습을 드러냈다고 하더라도 모습을 드러낸 이상 어떤 반응이라도 있어야 정상이거늘 모두가 깊은 잠에 빠진 듯 일말의 소란도 없었다.

"애써 황제를 만나고 왔는데."

야현의 얼굴이 일그러졌다.

"이러면 재미없지."

이어서 지어진 비틀린 미소.

야현은 시선을 돌려 모닥불 근처에서 자는 개방도들을 쳐다보았다.

모닥불을 바라보는 붉은 동공이 커졌다.

화르르륵!

모닥불들이 커지며 잘게 쪼개졌다. 갈라진 불덩이들은 자는 개방도들의 얼굴을 휘감았다.

"으아아악!"

"크아악!"

갑작스러운 화마에 개방도들은 비명을 지르며 몸부림치기 시작했다.

살이 타는 쾌쾌한 냄새와 함께 지독한 고통에 사로잡힌

비명이 한순간 개방 분타, 관제묘를 휘감았다.

"뭐, 뭐냐?"

그 아수라장에 고이 자고 있던 걸개아가 다급히 눈을 떴다.

"너, 너는?"

그의 위에서 야차의 웃음을 띤 야현을 보자 걸개아의 눈이 화등잔처럼 크게 떠졌다.

"감히 본인을 열 받게 해?"

퍽!

야현은 눈을 뜬 걸개아의 가슴을 짓밟았다.

"컥!"

"죽음이 편하다는 것을 알게 해 주지. 크하악!"

야현이 날카로운 송곳니를 드러내며 살기를 터트렸다.

제6장

황제를 죽여야겠습니다

화마에 휩쓸린 관제묘.

"쯧."

야현은 걸개아의 시신을 내려다보며 언짢은 표정을 지었다.

'요즘 쌓인 것이 많았나?'

지금 돌이켜보면 이처럼 화가 날 일도 아니다. 개방 분타에서의 분노는 확실히 그답지 않은 감정 표출이었다.

야현은 자조 섞인 웃음을 피식 터트렸다.

인지하지 못했지만 알게 모르게 쌓인 것이 많은 모양이었다.

'그나저나.'

야현은 뒷짐을 지고 북쪽, 자금성이 위치한 곳을 쳐다보았다. 그리고 떠오르는 한 인물.

황제.

'거슬려.'

아마도 지금의 화가 그로부터 이어진 것이 아닌가 하는 생각이 불현듯 떠올랐다.

권능, 매혹.

자연스레 황제를 현혹하였지만 분명 그는 한순간이나마 고민했고, 불편함을 내비쳤다.

'어찌해야 하나?'

무엇이든지 한 번이 어렵지 두 번은 쉽다.

자신에 대한 거부감이 조금씩 쌓이다 보면 어느 순간 매혹에서 빠져나올 것이다.

죽이기도 쉽지 않다.

가장 큰 걸림돌은 바로 황제 지척에 은신해 있는 절대자일위다.

그렇다 하여 황제를 못 죽일 리 없겠지만.

죽여도 문제다.

그 공백은 어찌할 것이며.

'음?'

문득 야현의 머릿속에 하나의 생각이 떠올랐다.

며칠 후면 황자들의 난이 발생한다.

엄밀히 말하자면 주치의 거사이지만. 그날 주치는 적통이자 친혈육인 황태자와 사황자를 제거할 것이다. 어쩌면 다른 방계 황자들까지 모조리 제거할지도 모른다.

그날.

황제를 죽인다?

"흠."

고민에 찬 침음성.

죽여도 잘 죽여야 한다.

"정리하고 복귀하도록."

야현은 독고결에게 짧은 명을 내리고 야풍장 장주실로 바로 이동했다.

장주실에 들어서자마자 야현은 늦은 새벽이지만 흑오와 초량을 불렀다.

잠시 후 흑오와 초량이 안으로 들어왔다.

"무난히 황제를 죽일 수 있는 방도를 마련해."

"……?"

"예?"

흑오와 초량은 놀란 눈으로 야현을 쳐다보았다.

"황제가 본인에 대해 거부감을 표출했어."

"……."

"며칠 후 삼황자 윤왕 주치가 황자의 난을 일으킬 것이야."

"……!"

황제를 죽이겠다는 말도 놀라운데 황자의 난까지.

"주치와 본인은 의형제 사이이자 동맹 관계야. 황자의 난에 힘을 실어 주기로 했어."

"……."

"……."

흑오도, 초량도 쉽사리 입을 떼지 못했다.

"그때 황제를 죽여야겠어. 자연스레 주치가 황제 자리에 앉을 수 있도록."

"윤왕 전하의 주적은 누구이온지."

흑오가 조심스레 말을 꺼냈다.

"황태자."

야현의 대답에 흑오가 순간 움찔거렸다.

황태자가 삼황자의 친혈육, 형이기 때문이다.

"아마도 사황자까지는 말끔히 제거하겠지."

적통이니 당연한 소리다.

"야망은 핏줄마저 베어 버리는 법이지요."

초량이 아무 일도 아니라는 듯 말했다.

"하지만 주군."

"······?"

"친혈육을 벨 만큼 야망이 큰 삼황자를 믿을 수 있겠습니까? 지금이야 문제가 없겠지만, 훗날 문제가 생기지 말라는 법은 없습니다."

아무리 야현이 주치와 의형제지간이고, 동맹 관계라고 해도 친혈육도 베어내는 인물이 의형제를 아니 베지는 않을 것이다.

"서로의 야망을 알고 있고, 본인이나 그도 서로의 영역에 발을 들이지 않을 터이니 문제 될 거 없어."

"그러나 앞으로의 일은······."

"알아. 그때는."

야현이 차가운 웃음을 지었다.

"죽이면 돼."

"가장 좋은 방법은 누구의 눈치도 보지 않고 죽이는 것인데······."

초량의 중얼거림.

"호호호호."

그때 매혹적인 웃음이 흘러나왔다.

몽마, 서큐버스 엘리였다.

"그런 일이라면 소녀를 불렀어야지요."

그녀를 보자 야현이 입가에 미소를 지으며 흑오를 쳐다보았다.

"현재 황제의 총애를 받는 후궁이 누구지?"

"두 후궁이 있사온데 곽 귀비와 양 빈, 이 두 여인입니다."

"곽 귀비와 양 빈이라."

야현의 말에.

"몇 해 전에 팔 황자를 낳은 곽 귀비가 황태자와 가깝다는 소문은 있사옵니다."

흑오가 말을 덧붙였다.

"정확한 것은 아니라는 말이군."

"아무래도 무림에 집중하다 보니 황실의 정보에는 집중하지 못했습니다. 지금이라도 알아보도록 하겠습니다."

"아니야. 이 부분은 본인이 알아보지."

야현은 자리에서 일어났다.

"그만 나가들 봐. 엘리, 그대는 대기하고 있고."

야현은 다시 그 자리에서 허공을 찢고 자금성으로 향했다.


윤왕의 거처.

주치는 홀로 차를 마시고 있었다.

"아직 안 자고 있었군."

"현?"

야현의 목소리에 주치는 놀란 눈으로 고개를 돌렸다.

"자면 어쩌나 했는데 다행이군."

야현은 주치 맞은편에 앉았다.

"상황이 상황이다 보니 쉽사리 잠이 오지 않는군."

그러면서 습관적으로 주위를 살피는 주치의 모습에, 야현이 넌지시 말했다.

"아무도 듣지도 보지도 못하게 조치해 놨으니 주위를 신경 쓸 거 없네."

"자네의 능력을 보고 있자니 왜 무공을 진즉 제대로 익히지 않았나 후회가 되는군."

"무공이 아닐세."

"아, 서방의 주술이라고 했던가?"

주치는 새 찻잔을 야현에게 내밀었다.

"거사를 앞두고 술은 아니다 싶어 차를 마시고 있었네. 술 생각이 나면 가져오고."

"차라도 족하네."

야현은 찻잔을 받았다.

"그런데 어쩐 일인가?"

"자네의 야망, 그 크기를 알고 싶어서 왔지."

야현의 담담한 웃음에 주치의 눈매에 힘이 들어갔다.

"시험인가?"

"본인이 그대를 시험할 일이 있나? 일을 돕기로 했으니 자네의 의중을 듣고 싶은 것이지."

"⋯⋯?"

"그래야 본인도 계획을 세울 거 아닌가?"

"후―, 긴장되는군."

주치는 깊게 숨을 내쉰 후 차를 단숨에 비우고 야현을 쳐다보았다.

"단순히 황자의 난으로 황태자 자리에 오르고 싶은가? 아니면."

주치의 눈매가 가늘어졌다.

"적통의 명분으로 옥좌에 앉을 것인가?"

주치의 눈동자가 흔들리며 얼굴이 딱딱해졌다.

"요, 용상을 말한 것인가?"

"그러네."

야현이 주치의 찻잔에 차를 채우며 대답했다.

주치는 빠르게 주변을 살폈다.

"주위에 듣는 이도 없고, 보는 이도 없어. 그러니 편하게 말하게."

"흠."

주치는 고개를 끄덕이며 깊게 침음성을 삼켰다.

"이도 저도 싫으면 황자의 난으로 황태자가 되고 난 후 며칠 뒤에 용상에 앉을 수도 있어."

"하아―."

다시금 흘러나온 깊은 한숨.

"할 수는 있고?"

한숨과 달리 주치의 눈빛은 번뜩이고 있었다.

"선택이나 해. 그래야 돕지."

"그대는 무섭군."

"본인은 확실한 것을 좋아하지."

"엄청난 기회인 동시에 경고라."

주치의 중얼거림에 야현이 입을 열었다.

"이왕지사 앉을 거 명분을 움켜쥐고 앉는 것이 좋지. 내가 앉으면 형제, 그대가 얻는 것은?"

"그대와의 우애, 그리고 친왕, 어둠."

"하하하하하하."

주치가 한바탕 웃음을 터뜨렸다.

그리고 날카로운 눈으로 되물었다.

"그 어둠도 명분상으로는 나의 것이겠지?"

"그래서 친왕 자리 하나 달라고 하는 것이야."

"아바마마의 뜻이기는 했어도 의형제가 되기를 잘한 거

같군."

둘은 눈빛을 주고받으며 가볍게 잔을 마주쳤다.

"폐하가 가까이 두는 여인 중 곽 귀비가 황태자와 가깝다고?"

야현의 질문에 주치의 눈동자가 번뜩였다.

"그러네."

"열흘 후에 곽 귀비가 황제를 죽일 것이야. 이유는 황제가 자네를 총애하고, 현 황태자를 폐위하고 자네를 앉힐 거라는 풍문을 들었기 때문인 것으로."

"그보다 황태자비는 어떤가? 그녀가 아바마마를 죽이게 할 수는 없는가?"

주치의 물음.

"가능하네."

야현이 차가운 웃음을 지었고, 그에 따라 주치도 웃었다.

\*          \*          \*

황태자 궁.

금빛 지붕 위에 야현이 서 있었다. 야현은 붉은 눈동자, 투시로 황태자 궁 아래를 내려다보고 있었다.

스르륵!

그런 그의 곁에 엘리가 모습을 드러내며 야현의 등을 껴안았다.

"제법 마음에 들었던 육신이었는데."

엘리는 야현의 가슴을 쓰다듬으며 중얼거렸다. 그러나 아쉽다거나 그런 감정은 없었다.

"주군은 아쉽지 않나요?"

야현은 몸을 돌려 엘리를 쳐다보았다.

"이 얼굴을 더는 못 보는 건 아쉽지만."

야현은 엘리의 뺨을 쓰다듬으며 말을 이어갔다.

"새로운 얼굴을 기대하지."

"피."

엘리는 야현의 가슴을 가볍게 툭 쳤다. 그러고는 야현의 입술에 자신의 입술을 가져갔다. 가볍지도 깊지도 않은 입맞춤 후 엘리가 야현의 가슴에서 물러났다.

"며칠 후에 봬요."

엘리의 몸 주위로 보랏빛 연기가 피어올랐고, 그 연기는 지붕으로 스며들었다.

퍼석!

그러자 엘리의 백옥처럼 투명하던 피부가 마치 거북이 등껍질처럼 실금이 그어지기 시작하더니, 육신이 부서지는 소리와 함께 가루가 되어 사라졌다.

야현의 시선이 다시 아래로 내려갔다.


"흡! 흡! 마, 마마! ……태자 마마! 흐읍!"

한 사내의 아래에서 힘겹게 욕정을 삼키는 여인은 황태자비였다. 눈에 띄는 미모는 아니지만 단아하고 정숙했다. 그런 그녀 위에 자리한 사내는 황태자였다.

"헛!"

힘겹게 욕정을 입 안에 가두고 있던 황태자가 눈을 부릅뜨며 짧은 신음을 터뜨렸다. 그리고 몸을 파르르 떨던 황태자비의 눈동자가 붉게 변했다가 빠르게 검은색으로 돌아왔다.

그리고 지어진 미소.

그 미소는 단아함이나 정숙함과는 거리가 멀었다.

색기를 가진 요부의 미소였다.

"하악! 하악!"

황태자비는 조금 전과 달리 신음을 참지 않고 황태자의 등을 강하게 끌어안았다. 수동적인 움직임이 능동적으로 바뀌었다.


"훗!"

야현은 황태자와 황태자비의 정사를 좀 더 지켜보다 짧은 미소를 지은 후 사라졌다.


*　　　*　　　*


　"오셨소?"

　하북팽가 가주 팽일로는 윤왕의 부름에 이른 새벽 그를 찾았다.

　"전하, 그간 강녕하셨사옵니까?"

　거사가 확정되고 가능하면 만남을 자제하고 있었다. 그런데 거사일 며칠을 앞두고 급히 윤왕이 자신을 찾은 것이다. 당연히 건네는 인사말에 의아심이 담길 수밖에 없었다.

　"거사 계획을 조금 수정해야겠어요."

　윤왕의 말에 혹여나 일이 잘못된 것이 아닌가 싶어 팽일로의 눈매가 부르르 떨렸다.

　"아니에요. 팽 장군이 걱정하는 그런 것은 아닙니다."

　"그럼 어떤 일로……."

　"거사 날 과인은 용상에 앉으려 합니다."

　"예?"

　팽일로가 큰 목소리로 반응했다. 동시에 아차 하는 표정과 함께 급히 입을 닫았다.

"하오나 전하."

"알아요. 장군이 무엇을 걱정하는지."

윤왕의 손짓에 팽일로가 좀 더 가까이 앉았다.

"과인의 친우, 야 공을 아시지요?"

당연히 안다.

어찌 모를 수가 있겠는가.

"그가 한 손 거들어 주기로 했습니다."

"그렇다고 하여도 어찌 용상에……."

"그날 아침 문안 인사를 올릴 때 황태자비가 아바마마를 시해할 것입니다."

팽일로의 눈이 부릅떠졌다. 잠시 후 커졌던 눈이 가늘어졌다.

"가능하옵니까?"

황제의 수신호위 일위.

그가 문제다.

"허언을 하는 친우가 아니니, 반드시 그렇게 만들 겁니다."

팽일로는 묵묵히 고개를 끄덕이며 다시 생각에 잠겼다.

비록 피로 용상 자리에 앉은 것이 되나 이보다 더 좋은 명분은 없다. 혈육의 피가 날개가 되는 꼴이 아닌가. 그렇게만 된다면 더할 나위 없이 좋다.

팽일로는 잠시 윤왕을 쳐다보았다.

이런 거래에서 공짜는 없다.

아무리 친우 사이라도.

"걱정 마세요. 장군이 생각하는 그런 일은 없을 겁니다."

"하오나."

"대신 친우가 무림에 관심이 있는 듯해요."

"무림이라."

팽일로는 안도의 한숨을 옅게 내쉬었다.

비록 무림에도 한 발 걸치고 있다지만 하북팽가는 엄연한 군부 가문. 더욱이 이 거사만 성공한다면 거대한 군벌을 움켜잡을 수 있는 세도가가 된다.

혹여나 그 자리가 위협되는 게 아닌가 잠시 걱정했던 팽일로였다.

"친우가 부탁은 하지 않겠지만 훗날 힘을 좀 실어 줄 필요가 있습니다."

"그리만 된다면야 신이 발 벗고 도움을 주겠습니다."

"그래요."

윤왕의 입가에 흡족함이 그려졌다.

"그러하니 장군께서는 그 부분을 상정하여 계획을 수정

해주세요."

"그리하겠습니다, 전하."

"식사는 거사가 끝나고 합시다."

"예, 전하."

팽일로는 윤왕에게 허리를 깊게 숙인 후 조용히 그의 거처를 빠져나갔다. 걸어 나가는 팽일로의 눈동자는 어느 때보다 번뜩이고 있었다. 몇 년, 아니 길게는 십여 년을 내다보고 진행시킨 거사다.

'뜻대로만 된다면.'

둘 사이의 관계는 좋다고 할 수는 없으나 비교적 무던한 축에 드는 편이었다. 아울러 팽일로는 야현을 안다.

확실하지 않은 것은 입 밖으로 내뱉지 않는 인물.

그가 윤왕이라는 배를 함께 탔다.

'교분을 새로이 다져야겠군.'

정쟁에서는 적도 친구가 되는 마당에 무던한 사이쯤이야.

팽일로의 걸음이 빨라졌다.

\*　　　\*　　　\*

"이럴 수는 없사옵니다, 폐하!"

앙칼진 여인의 목소리가 조용한 자금성을 뒤흔들었다.

목소리의 주인은 황태자비.

쾅!

황제는 분노로 한껏 달아오른 붉은 얼굴로 서탁을 강하게 내려치며 일갈을 터트렸다.

"그 입 다물라!"

"그러실 수는 없사옵니다. 적통 장자이신 황태자 전하를 두고 어찌 운왕 전하를······."

고래고래 악을 쓰는 황태자비 옆에서 황태자는 갑작스러운 상황에 놀라 정신을 차리지 못하고 멍하니 앉아 있었다.

"시끄럽구나. 당장 끌어내거라!"

"이럴 수 없습니다. 이럴 수는!"

황태자비가 자리에서 벌떡 일어났다.

그러고는 시퍼런 눈으로 황제를 노려보며 달려들었다.

"마, 막아!"

"황태자비 마마를 막아라!"

그러나.

"어, 어!"

"어어, 어?"

그녀를 막아서려던 내시들은 황태자비의 눈빛에 기이하

리만큼 몸에서 힘이 쭉 빠져나갔다. 그렇다 보니 허우적거리기만 했을 뿐 그녀를 막아서지 못했다.

황제는 달려오는 황태자비를 여전히 노려보고 있었다.

내시와 호위들이 막지 못해도 일위가 있는 이상 자신의 곁에는 오지 못할 터.

그러나.

스릉!

지척에 다가선 황태자비는 품에서 단검을 뽑아 그대로 황제의 가슴을 찔러버렸다.

"컥!"

단숨에 심장이 찔려 버린 황제의 몸은 뭐라 할 사이도 없이 뒤로 넘어갔다.

"호호호호호! 이제 용상은 우리 황태자의 것이야! 우리 황태자 마마의 것! 호호호호호호호!"

격한 움직임에 머리가 풀린 황태자비는 흐트러진 머리를 흩날리며 미친 웃음을 터트렸다.


그 시각.

황제의 침소가 황태자비로 하여 시끄러워질 때쯤, 기이한 기운이 수신호위 일위를 덮쳤다. 동시에 찾아온 어지러움. 일위는 빠르게 정신을 차리며 황제를 찾았다.

"……!"

자신이 있던 자금성이 아니다.

낯선 곳, 넓고 메마른 들판이었다.

"그대는?"

일위는 쇳소리처럼 갈리는 목소리를 내며 한 곳을 쳐다
보았다. 그 자리에 한 사내가 서 있었다.

"대면은 처음이지요?"

바로 야현이었다.

제7장

## 그대를 물들여드리지요. 검은색으로

"……."

철가면 속에 숨겨진 얼굴.

야현은 유일하게 드러난 일위의 눈동자를 주시하고 있었다. 특별한 반응은 없었지만 빠르게 주위를 훑는 일위의 눈동자에서 당황하는 감정을 야현은 읽을 수 있었다.

"정식으로 인사를 드리지요. 야현이라고 합니다."

"……."

돌아오는 대답은 없었다.

팟!

빠르게 주위를 살피던 일위의 신형이 그 자리에서 사라

졌다. 동시에 야현의 신형도 사라졌다.

둘이 다시 모습을 드러낸 곳은 십여 장 떨어진 곳.

야현이 일위의 신형을 막아선 것이다.

"일위라고 부르던데, 본인이 어떻게 부르는 것이 좋은가 요?"

"……."

역시나 돌아오는 대답은 없었다.

아니, 잠시 시간이 흐른 뒤 일위가 입을 열었다.

"보내 달라."

몹시 당황한 목소리. 아울러 평생 입을 닫고 살아서인가 어딘가 모르게 어투는 어색하기 짝이 없었다. 그 말에 야현의 얼굴에 난감한 표정이 지어지는가 싶더니 이내 희미한 미소가 그려졌다. 일위의 모습에 미소가 지어질 수밖에 없었다.

전형적인 꼭두각시.

자아를 가지기 전부터 세뇌를 통해 만들어진 살아 있는 방패였다.

'생각을 달리해야겠군.'

야현은 빠르게 생각을 정리하며 입을 열었다.

"무얼 생각하는지 알겠지만 이미 늦었습니다."

일위의 눈동자가 급격히 요동쳤다.

"······믿을 수 없다."

"본인이 허언을 하던가요?"

"그, 그대의 말을······."

일위의 목소리가 떨리기 시작하더니.

"믿을 수 없다!"

이내 그가 발악하듯 소리쳤다.

야현은 옆으로 한걸음 비키며 길을 텄다.

"그리 궁금하시다면 직접 확인해보시지요."

단숨에라도 뛰쳐나갈 듯 날 선 기세를 드러냈던 일위였지만 정작 야현이 길을 트자 한 걸음도 채 내딛지 못하고 주춤거렸다.

그리고 찾아온 침묵.

야현은 기꺼이 일위의 침묵을 기다려주었다.

"······참인가?"

묻는 일위의 목소리는 가늘게 떨렸다.

"그렇습니다."

"누군가? 폐하를 시해한 자가?"

"황태자비."

일위의 눈에서 살기가 폭사되었다.

"애석하게도 삼황자께서 황태자비를 비롯해 황태자에게 벌을 내렸을 겁니다."

다시 그의 눈동자가 흔들리는가 싶더니 이내 다부져졌다.

"눈으로 봐야겠다."

"당연히 그러셔야지요."

야현이 한 걸음 더 뒤로 물러났다.

멀리 드러난 황금빛 지붕, 자금성을 향해 일위는 땅을 박차고 날아올랐다. 야현은 조용히 그의 뒤를 따랐다.

자금성에 들어서자마자 둘을 맞이한 것은 짙은 피 냄새였다.

산만함과 동시에 조용한 무거운 공기, 숨죽인 침묵과 어수선한 고함, 상반된 두 분위기가 자금성을 짓누르고 있었다.

그렇게 도착한 건청궁 지붕 위.

정확히는 지붕 아래에 있는 대전 천장 위.

쥐들이나 살 법한 낮고 음습하고 얕은 공간.

일위는 평생 살아온 그곳에서 황제의 침소를 내려다보고 있었다. 묵묵히 아래를 내려다보던 일위의 몸이 갑자기 부들부들 떨리기 시작했다.

쿵!

몸이 무너지듯 일위는 무릎을 꿇었다.

그런 일위 아래 피로 물든 황제가 누워 있었다. 숨소리도, 쿵쿵 뛰는 심장 소리도 없이.

"나는, 나는."

일위는 그러다 야현을 올려다보며 물었다.

"이제 무엇을 해야 하지?"

스스로 무언가를 해본 적 없고, 스스로 무언가를 생각해
본 적 없는 그였다. 야현을 바라보는 눈동자, 그리고 물어
오는 목소리에는 불안함이 담겨 있었다.

야현은 일위를 바라보며 부드러운 미소를 지으며 조심스
럽게 다가가 그를 일으켜 세웠다.

"이곳에서 이럴 것이 아니라 자리를 옮기죠."

일위는 다시 황제의 시신을 내려다본 후 자리에서 일어
났다. 그의 눈엔 슬픔이 담겨 있지 않았다. 오로지 허허벌
판에 버려진 아이처럼 불안함만이 가득할 뿐이었다.

황제의 휴식처인 녹음이 푸르게 진 자금성 후원.

현시점에 이곳보다 조용한 곳은 없었다.

야현은 야외 석탁에 앉았다.

"앉으시지요."

"앉아? 내가?"

누군가와 함께 자리한 적이 없었던 일위는 망설임을 보
였다.

"괜찮습니다. 앉으시지요."

일위는 머뭇거리다가 야현의 맞은편에 앉았다.

"이상하군."

일위는 불편한 듯 좀처럼 편히 앉지 못하는 모습이었다.

"황제 폐하께서 무슨 언질을 남기지 않았습니까?"

야현은 대수롭지 않게 질문했다. 하지만 그런 모습과 달리 야현에게 있어서는 가장 중요한 질문이기도 했다.

"없었다."

원하던 대답.

야현의 입가에 기분 좋은 미소가 그려졌다.

"그나저나 답답하지 않습니까?"

야현이 손짓으로 가면을 흉내 냈다. 가면을 쓰고 있었다는 것도 인식하지 못했던지 일위가 우두커니 서 있다가 손을 들어 가면을 쓰다듬었다.

"한 번도 벗어본 적이 없다."

"벗지 못할 이유라도 있는 겁니까?"

"기억 속의 나는 언제나 쓰고 있었다."

과거를 회상하는 듯 잠시 푸른 하늘을 올려다보며 일위가 대답했다.

"앞으로 어찌할 생각이십니까?"

"……."

일위는 대답하지 않았다.

그러나 야현은 안다. 대답하지 않은 것이 아니라 하지 못하는 것이라고. 그런 일위는 야현에게 있어 불쌍한 존재가 아닌 먹음직스러운 먹이에 불과했다.

"일단 이럴 것이 아니라 자리에서 일어나도록 하죠. 술 한 잔 어떻습니까?"

"술?"

일위의 반문.

"그렇습니다. 술."

야현이 일어났지만 무슨 생각에 잠긴 듯 일위는 자리에서 일어나지 않았다.

"그러고 보니."

그러다 꺼낸 말.

야현의 미간이 좁아졌다.

"왜 내가 폐하의 곁에서 떨어졌었지?"

일위의 눈이 야현을 향했다.

"그곳에 그대가 있었고."

일위의 말이 이어짐에 따라 야현의 눈매가 가늘어졌다.

"왜 내가 그곳에 있었지? 그리고 왜 그곳에 그대가 있었지?"

일위의 주위로 공기가 요동치기 시작했다.

"또 어떻게 황태자비가 폐하를 시해할 것을 알고 있었

지?"

공기가 날 선 검날처럼 날카롭게 변했다.

"이런."

야현은 나직하게 혀를 차며 일위를 향해 몸을 틀어 내려다보았다.

"그런 사소한 문제는 그냥 지나가면 좋았을 텐데."

"말하라."

"결론."

"……?"

야현은 석탁에 손을 짚으며 얼굴을 가까이 가져갔다.

"황제는 죽었습니다."

자연스레 둘의 눈이 마주했다.

"죽은 황제의 복수를 원합니까?"

"…….""

일위의 눈동자에 다시 깃든 혼란이 묻어나왔다.

"그대의 임무는 황제를 보호하는 것인가요? 아니면 복수를 하는 것인가요?"

"……보호."

그가 잠시 뜸을 들이다 머뭇거리며 대답했다.

"보호할 황제는 이제 없습니다."

야현은 일위를 최대한 자극하지 않게 조용한 걸음으로

그의 곁에 다가가 부드럽게 어깨를 짚었다.

"그렇지요?"

"그런가?"

일위는 고개를 갸웃거렸다.

"그렇지요."

야현이 일위를 대신해 현 상황을 확정시켜 주었다.

"그렇군."

일위는 고개를 들어 하늘을 올려다보았다.

"그럼 나는 무얼 해야 하지?"

오랜 시간 돌고 돌아 다시 돌아온 질문.

야현의 눈가에 짜증이 살짝 묻어나왔지만 이내 그는 그 감정을 지웠다.

"세상은 넓습니다."

"나는 모른다. 세상이 넓은지."

야현은 다시 일위 앞에 앉았다.

"이런 말이 있지요."

야현이 양팔을 활짝 펴며 말을 이어갔다.

"세상은 넓고, 할 일은 많다."

"내가 뭘 할 수 있지?"

"일단 술 한 잔 하면서, 여인을 품어보도록 하죠."

여인이라는 단어에 일위의 눈동자가 미세하지만 흔들렸

다.

"……여인을 품으면 그렇게 ……좋은가?"

가벼운 흥분?

아니다.

순수한 호기심, 일위의 눈동자에 비친 감정은 순수한 호기심이었다.

"좋지요. 그 전에 가면을 벗어야 할 듯싶군요."

"……."

일위는 아무런 움직임도 보이지 않았다.

가면을 벗는 행위조차 두려운 모양이었다.

"세상에 나가는 첫걸음입니다."

일위는 망설인 끝에 철가면을 벗었다.

『엘리.』

『말씀하세요.』

『아이들을 모두 동원해. 그래서 색(色)에서 빠져나오지 못하게 만들어.』

야현은 철가면을 벗은 일위를 바라보며 매직 마우스를 보냈다.

『호호호호. 새삼 명령하시기는. 우리는 사랑을 먹고 살아가는 서큐버스랍니다.』

『명심해. 확실하게 색의 노예로 만들어야 해. 아니면 골치 아파지니까.』

　야현이 차가운 눈으로 일위를 바라보며 다시 한 번 명령을 주지시켰다.

　『이지를 찾지 못할 정도로.』

　『뛰어난 머리를 가진 천재도 아둔한 색견(色犬)으로 만든 저예요. 걱정일랑 붙들어 매셔요.』

　『믿지..』

　『그럼 가서 준비해 놓고 있겠사와요. 호호호.』

　"……이상한가?"

　일위가 어색한 듯 얼굴을 매만지며 머뭇거리다가 물었다.

　"잘 생기셨습니다."

　"그런가?"

　여전히 담담하지만, 일위의 목소리에는 희미하나마 기쁨이라는 감정이 담겨 있었다.

　'사람은 사람이지.'

　야현은 자리에서 일어났다.

　"가시지요."

　"어디로 가지?"

　"가 보시면 압니다."

　일위는 묵묵히 고개를 끄덕이며 야현을 따라 자리에서

일어났다.

"그럼 갈까요? 세상 밖으로."

대답 없이 묵묵히 고개를 끄덕이는 일위의 눈동자에는 가벼운 흥분이 담겨 있었다. 그 눈빛에 야현은 입꼬리 한쪽 말아 올리며 허공을 찢었다.

*　　　*　　　*

사람의 욕심은 끝이 없다.

많은 것을 가진 이의 욕심은 상상조차 하기 힘들 정도다.

천륜, 인륜?

많은 것을 가진 이, 그리고 가진 것을 악착같이 지키려는 이에게 그런 것은 키우는 개의 개밥보다 못한 것이다. 그렇다면 가진 이들이 가진 것 중 가장 중히 여기는 것은 무엇일까?

목숨.

목이 달려 있어야 가진 것을 누리며 살아가니 당연한 것이다.

눈앞에서 호기심 어린 눈으로 한 상 차려진 음식들을 훑어보는 일위, 그는 그런 욕심에 의해 태어난, 인성과 이지가 강제로 말살된 인간 방패이자 검이며, 살아 있는 인형이었다.

한마디로 말하자면 깨끗한 백지.

아무것도 그려지지도, 오염되지도 않은, 어떤 색으로 채우느냐에 따라 달라질 순백.

이미 일위라는 순백의 백지에 채워질 색은 정해졌다.

순백의 정반대에 있는 순수한 색.

흑(黑)!

야현은 빙그레 눈웃음을 지으며 조용히 일위를 지켜보고 있었다.

"와구작 와구작. 쩝쩝. 화작!"

일위는 휘둥그레진 두 눈으로 마치 걸귀처럼 볼이 터져라 음식을 입 안으로 구겨 넣고 있었다.

"후후, 마치 음식을 처음 먹는 사람 같아. 누가 안 뺏어 먹으니 천천히 드시와요."

그 옆에서 아양을 떠는 서큐버스, 몽마가 손에 잔뜩 묻은 기름을 물수건으로 닦은 후 젓가락을 쥐여 주었다. 씹는 행위마저 잊어버린 듯 우두커니 일위는 젓가락을 내려다보았다.

"……처음이다. 음식을 먹는 것이."

"어머."

엘리의 수하, 몽마 켈리는 눈을 파르르 떨더니 눈물을 글썽거렸다.

"그럼 수저도."

"……쥐어본 적이 없다."

감정 표출이 서툰 일위의 목소리는 무미건조했다.

"그럼 이제껏 무얼 먹고 사셨나요?"

켈리는 어색하게 젓가락을 쥐고 있는 일위의 손을 보드랍게 쥐며 물었다.

"벽곡단."

"……세상에."

켈리는 양손으로 입을 가리며 눈을 동그랗게 떴다.

"……왜, 이상한가?"

일위는 고개를 갸웃거리며 켈리와 야현을 쳐다보았다.

"이상하지도 않지만 흔한 것도 아니지요."

야현의 대답.

"아— 하세요. 제가 먹여드릴게요."

켈리는 일위의 손에서 젓가락을 넘겨받아 음식을 집었다.

"폐하가 가끔 후궁들과 함께 한자리에서 이리 먹더군."

일위는 잠시 음식을 바라보다 한 입 받아먹었다.

"좋으시지요?"

"……."

일위는 대답하지 않았다.

"싫으……신가요?"

일위는 켈리를 잠시 바라보다 입을 열었다.

"모르겠다."

"……?"

"솔직히 지금 이 기분이 좋은 것인지 나쁜 것인지 모르겠다."

켈리는 안도의 한숨과 함께 화사한 미소를 보이며 일위의 손을 잡아 그의 가슴에 얹었다.

"심장이 빨리 뛰면 좋으신 거랍니다."

"그런가? 그렇다면 지금 기분은 좋은 것이로군."

일위는 고개를 끄덕이며 말했다.

"술도 한 잔 하시지요."

야현은 일위 앞에 놓인 술잔을 채웠다.

일위는 건배도 없이 술잔을 비웠다.

"크으!"

일위는 독한 술맛에 얼굴을 일그러트렸다.

"맛이 없다."

"그런가요?"

"그런데."

일위는 야현을 향해 잔을 내밀었다.

"이상하다. 맛이 없는데 더 마시고 싶다."

"원래 그게 술맛입니다."

야현은 다시 술잔을 채워주었다.

"크으."

"이것도 드시와요."

켈리가 안주를 먹여주었다.

"그럼 좋은 시간 되십시오. 내일 찾아뵙지요."

야현은 조용히 자리에서 일어났다.

"좋은 시간?"

일위는 눈을 깜빡이며 물었다.

"소녀를 옆에 두고. 너무 하옵니다."

켈리는 일위의 가슴 속에 손을 넣으며 아양을 떨었다.

"이제 생각났다. 성교를 말하는 것이지?"

"아잉, 그렇게 노골적으로. 부끄럽사옵니다."

켈리는 의도적으로 일위의 팔을 끌어안아 그녀의 가슴에
비볐다.

"그 말이 부끄러운가?"

일위는 고개를 갸웃거리며 물었다.

"대부분 대놓고 입에 담지는 않지요."

"그런가?"

"그렇습니다."

일위는 잠시 생각에 잠긴 듯하더니 다시 입을 열었다.

"그럼 사과를 해야 하나?"

"그럴 필요는 없습니다."

"이해가 안 되는, ……흠!"

바지춤 안으로 켈리의 손이 들어오자 일위는 말을 하다 눈을 부릅뜨며 입을 쩍 벌렸다.

"이, 이상하다."

켈리는 조용히 눈웃음을 지으며 일위의 손을 잡아 가슴 속으로 넣었다.

"가슴이 뛴다."

"좋지요?"

"가슴이 뛴다."

똑같은 대답.

벌겋게 달아오른 일위를 보며 야현은 조용히 방을 빠져 나왔다.

방 밖에 엘리가 서 있었다.

"괜찮은 아이지요?"

엘리가 야현의 팔짱을 끼며 물었다.

"괜찮아 보이더군. 하지만."

야현이 걸음을 멈추며 그녀를 쳐다보았다.

"알아요. 무슨 말씀을 하실지. 믿고 기다려 주세요."

"믿어. 믿지."

야현은 고개를 돌려 방 쪽을 쳐다보았다.

"하지만 마냥 믿기에는 너무나도 위험한 장난감이야."

야현의 눈매가 가늘어졌다.

"그만큼 탐나는 물건이기도 하구요."

엘리가 야현의 품에 안기며 속삭였다.

쪽.

야현은 엘리의 이마에 입을 맞추며 몸을 돌렸다. 그리고
허공을 찢어 자금성으로 향했다.


자금성.

그곳의 분위기는 다소 부산했지만 전반적으로 차분했
다.

혈향도 옅어진 것을 보면 거사가 성공적으로 마무리된
모양이었다. 아직까지는 황제의 부고에 대한 비통함은 느
껴지지 않았다. 좀 더 시간이 흐르고 안정을 찾으면 그런
감정들이 자금성 곳곳에서 흘러나오리라.

물론 야현과는 상관없는 일이지만.

저벅 저벅 저벅.

야현이 건천궁 앞마당에 들어서자 수많은 병사들의 시선

이 쏠렸다.

장수로 보이는 누군가가 야현의 앞을 막으려 할 때.

"됐다."

하북팽가 가주이자 북진무사인 팽일로가 다가왔다.

"오셨소?"

"잘 마무리된 모양입니다."

야현이 목례 후 주변을 둘러보며 말했다.

"상황이 상황이니 큰 반발은 없었소이다."

"잘 되었군요."

야현은 의무적으로 고개를 끄덕이며 대답했다.

"안 그래도 폐하께서 기다리고 계시오."

아직 즉위식을 행하지 않았지만 팽일로는 자연스레 윤왕 주치를 폐하로 지칭하고 있었다.

"대신들의 반발은 없는 모양이지요?"

"승계 일 위에다 명분마저 꽉 쥐고 있으니 당장 두드러진 반발은 없소이다. 곧 자그만 반발이 있겠지만 말이오."

팽일로의 지나가듯 흘리는 말, 하지만 그 말의 무게는 절대 가볍지 않았다. 곧 있을 자그만 반발, 그 말은 곧 황족의 숙청이 있을 거라는 말이기도 했다.

야망을 품에 안고 평생 한량처럼 살아온 주치였다.

그런 그라면 당연히 일말의 위험거리도 남기지 않을 것

이다.

"그렇군요."

야현은 팽일로와 함께 건천궁 안으로 들어갔다.

"폐하, 팽 북진무사와 야 공이 들었나이다."

황제 옆을 지키던 내시가 야현을 알아보고 안으로 전했다.

"왔는가? 짐의 형제여."

용상에 앉아 있던 주치가 화통한 목소리로 야현을 반겼다. 그리고 곧바로 자리에서 일어나 성큼성큼 다가와서는 야현을 끌어안았다.

"축하하네."

격한 포옹에 대전 안에 자리한 대신들 사이에 웅성거림이 생겨났다.

"잠시 대전 회의를 파하겠다."

주치는 일방적으로 회의를 파하고 후원으로 자리를 옮겼다.

"좋아 보이는군."

야현이 곤룡포를 입은 주치를 보며 웃음을 지었다.

"이 옷을 입기 위해 이십 년 넘게 바닥에 엎드려 살았지."

주치는 피식 웃음을 터트리며 자리에 앉았다.

"팽 북진무사에게서 자네가 무사히 용상에 앉았다 들었네."

"그대 덕분이야."

"덕이라고 할 게 있나?"

야현의 말에 주치가 고개를 저었다.

"큰 산 두 개를 자네가 치워 주지 않았나?"

황제의 죽음, 그리고 일위.

"일위, 그자는 어찌 되었나?"

주치는 야현의 몸을 가볍게 훑으며 물었다.

"그대가 늦기에 걱정했었네."

진심이 담긴 눈빛.

"본인일세."

"그래, 그래. 알지, 알아."

주치는 고개를 끄덕이며 더는 일위에 대해 입을 열지 않았다. 그의 생사 여부 따위는 그다지 궁금하지 않았기 때문일 터.

"며칠 후에 입궐하게."

야현의 얼굴에서 귀찮은 표정이 슬쩍 드러나자 주치가 웃으며 말했다.

"아무리 용상에 앉았다고 해도 시간이 필요해."

"이 땅의 주인이 되었으니 따라야지. 별수 있나?"

야현이 어깨를 슬쩍 들어 올렸다.

"하하하하. 자네에게 그 말을 들으니 곤룡포를 입은 실감이 나는군."

주치는 곤룡포를 내려다보며 웃음을 터트렸다.

"보자, 어떤 칭호를 내려야 하나? 야왕?"

주치의 농.

"너무 노골적이지 않나?"

"그런가? 하하하하."

주치는 큰 웃음을, 야현은 잔웃음을 지었다.

"적당한 걸로 내려주게."

"그러지."

주치는 야현을 지그시 바라보았다.

"그리고 원하는 게 있는가?"

"원하는 거?"

"이 자리만 아니라면 뭐든 주지."

"글쎄."

주치는 자세를 고쳐 앉았다.

"이제 자네는 어찌할 생각인가?"

"그대가 용상에 앉았으니 본인은 밤을 가져야지."

"밤이라."

이미 들었던 이야기.

"중원이 시끄러워질 거야."

"흠."

"무림이라. 선왕의 약조가 있어 적극적으로 도와주지는 못하겠지만 내 도울 수 있는 건 돕겠네."

"고맙네."

"고맙기는."

야현은 대수롭지 않게 대답을 하다가 자신을 지그시 바라보는 주치의 시선에 의아한 표정을 지었다.

"왜 그리 보나?"

"이 자리에 막상 앉고 보니 말이야."

주치의 목소리가 낮아졌다.

"속을 터놓고 이야기할 수 있는 친우가 있다는 게 새삼 고맙다는 생각이 들었어."

"그 마음 오래가길 바라네."

야현의 충고에 주치의 표정이 굳어졌다.

"본인이 서방에서 대공이라는 것을 들었지?"

"친왕 정도의 작위라고 자네에게 들었지."

"그 자리에서 많은 황제와 왕들을 보았지."

"흠."

"그래서 하는 조언일세. 지금 마음, 끝까지 가져가길 바라네."

야현의 말에 주치가 고개를 끄덕였다.

"그리하지."

"친우가 왔는데 술 한 잔 안 주나?"

그 말에 주치가 무릎을 탁 쳤다.

"그럼 마셔야지. 오늘 같은 날 안 마실 수야 있나?"

주치는 고개를 돌려 큰 목소리를 냈다.

"게 아무도 없느냐? 술상을 내오라!"

술상이 차려지고.

"그대의 밤을 위하여."

"본인의 밤을 위하여."

두 사내의 잔이 부딪혔다.

제8장

환영합니다

소림사 방장실.

자그만 방에 나이 지긋한 다섯 명의 노인들이 둘러앉아 있었다. 그들은 모두 면면이 무시할 수 없는 노인들로 지금은 허울뿐인 이름만 남은 무림맹의 한 축, 오파일방의 수장들이었다.

오파일방.

여섯 문파였지만 현재 소림 방장을 포함하여 모인 인물은 다섯.

빠진 이는 개방 방주였다.

"아미타불."

침묵 속에 소림 방장 원중의 불호가 무거운 분위기를 더욱 무겁게 만들었다.

"결국 죽었다고 봐야겠지요?"

무당파 장문인, 명헌 진인의 말.

이어진 침묵.

지금의 침묵은 긍정이었다.

"허어, 낭패로군. 낭패야. 눈과 귀를 잃었으니 어찌할꼬."

곤륜파 장문인, 옥청자가 탄식했다.

단순히 개방 방주만 사라진 것은 아니었다. 개방의 총타와 주요 분타가 누군가의 손에 궤멸되었다. 한날한시에 개방을 이끌어가는 주요 인사들이 죽어 버린 것이다.

그렇다 보니 개방의 구심점이 모두 사라져 버렸다고 해도 과언이 아니었다.

개방의 규모는 일반 문파들이 상상하기 힘들 정도로 방대하다. 그런 조직의 구심점이 사라지니 오합지졸이 되는 건 한순간이었다.

"타 방파라 개입하기도 어렵고."

"호랑이가 사라진 산에 여우들이 설친다더니."

장문인들의 입에서 저마다 탄식이 흘러나왔다.

방대함의 장점이 단숨에 단점으로 바뀐 것이다.

수 명도 아니요 수십 명의 인물이 튀어나와 저마다 개방을 차지하려 드니 개판도 그런 개판이 없었다. 오죽했으면 이 중대한 회의에 개방의 인사를 부르지 못했을까.

"원흉이 그자이겠지요?"

흑성 자리를 가진 사내.

야현이었다.

"만박자의 머리에서 나왔을 것이외다."

원중은 저도 모르게 입술을 지그시 깨물었다. 개방이 이리되다니 뼈아픈 실책이 아닐 수가 없었다.

"천기를 잃었다는 만박자가 그자의 그늘로 갈 줄이야."

"잃었기 때문에 갔을 것이외다."

장문인들의 대화 속에 원중은 나직하게 한숨을 내쉬었다. 만박자가 달포가량 소림사에 머물 때 몇 차례 그와 담소를 나눈 적이 있었다.

담백한 이였다.

또한 그에게서 상처를 읽었고, 강한 명예욕을 느꼈다.

그렇지만 소림사에서 품을 수 있는 인물이 아니기에 그저 관망만 했었다.

여느 때처럼.

잠시 상념에 빠진 사이 방장실은 중구난방으로 오가는 대화로 소란스러워져 있었다.

탁.

원중은 목탁을 슬쩍 두들겨 분위기를 환기시켰다.

"적은 가까이 있는데 우리는 갈 길이 머오."

본론에 들어갈 시간.

장문인들은 조용히 원중의 입으로 집중했다.

"개방의 문제는 고민할 것이 많으니 잠시 미루고, 먼저 논의를 해보고 싶은 것은 무림맹이외다."

"무림맹이라."

"흠."

장문인들은 원중의 말을 되새기거나 침음과 함께 생각에 잠겼다. 조용한 음색들이었지만 그 안에는 불편함이 담겨 있었다. 무림맹의 핵심은 자신들만이 아니었다. 오대세가 도 자신들 못지않게 하나의 축으로 자리하고 있었기 때문 이었다.

"일단 함께 가느냐, 아니면 배제하느냐를 정하는 것이 우선이겠군요."

아미파 장문인 영영 사태가 화두를 던졌다.

"함께 가자니 불편하고, 따로 가자니 그 피해를 홀로 감 당해야겠고."

화산파 장문인 호염의 이어진 말.

드러난 적이라면 그에 맞춰 움직이면 되지만, 문제는 적은 있는데 그 적이 누구인지, 얼마나 강한지 아는 것이 없다는 것이다.

"그렇다면 답은 나와 있구료. 무량수불."

곤륜파 장문인, 옥청자.

그의 말에 모두가 고개를 끄덕였다.

오파일방이 아직 알 수 없는 적을 상대로 싸워 피해를 본다면 득을 보는 이들은 바로 오대세가일 터.

"보름 후면 오대세가에서 혼례식이 있다지요?"

영영 사태의 말이었다.

"신랑 측에 일이 있어 혼례가 늦춰졌다고 하더군요."

가장 세속적인 화산파 장문인, 호염의 말에 다들 고개를 끄덕였다. 며칠 전 황궁에서의 변란을 떠올린 것이다.

"잘 되었군요. 그때 오대세가 가주들도 모일 터, 의견을 타진하는 것도 나쁘지 않을 듯싶네요."

"그럼 그리하도록 하지요."

원중이 사안을 마무리했다.

\*         \*         \*

마교 신전.

거대한 대전 안, 홀로 높은 태사의에 천마 천지악이 앉아 있었다. 그리고 그 앞에 마뇌가 오체투지 자세로 엎드려 있었다.

"그러니까 그사이 마풍각이 궤멸되었다?"

"그러하옵니다. 천마시여."

"그를 시작으로 외단 역시 유명무실해졌고."

"……."

마뇌는 침묵으로 대답을 대신했다.

"흉수는?"

"드러난 존재는 하오문이오나."

"그대의 입에서 나온 문파가 하오문이라…… 흥미롭군."

천지악은 마뇌의 말을 자르며 중얼거렸다.

"크크."

천마는 턱을 괴며 묘한 웃음을 흘렸다.

"달라진 하오문. 그자의 짓이겠군."

이어 재미있다는 표정을 지었다.

"마뇌."

"하명하시옵소서."

"만약에 말이야. 본좌 같은 놈이 또 있다면 어떻게 해야 할까?"

그 말에 놀란 마뇌가 얼굴을 번쩍 들어 올렸다. 그러나 잠시 후 불경을 깨닫고 황급히 고개를 숙였다.

"소림의 흑림을 말씀하시는 것이옵니까?"

마뇌가 조심스럽게 물었다.

"그놈이 본좌와 같을 리가 없잖아. 하늘에 검은 별이 떴어. 근데 그 별이 두 개란 말이야."

천지악의 말에 마뇌의 눈동자가 흔들렸다.

천 년 만에 탄생한 천마다.

그런 천마와 같은 인물이 존재한다는 말을 쉬이 받아들이기 힘든 것이다.

"하나는 본좌의 것인데 다른 하나가 누구인지 모르겠단 말이야."

"하오문."

마뇌가 중얼거렸다.

천지악이 자리에서 일어나 단을 내려왔다.

"그놈을 찾으려면 하오문을 족쳐야 하는데, 그러자니 정파 나부랭이들과 먼저 붙을 거 같고."

"……"

"아랫것들 보는 눈도 있는데 천마가 되어서 척박한 이 땅에 웅크려 있을 수도 없고."

천지악이 마뇌 앞에 쭈그려 앉았다.

"좋은 생각 없나?"

"……그렇다면 사도련을 먼저 치는 것은 어떻사옵니까?"

마뇌는 잠시 생각에 잠긴 끝에 하나의 의견을 내세웠다.

"사도련이라."

"그들이라면 본교에 흡수하기도 용이하고 중원 정벌의 전초전으로 좋을 듯하옵니다. 아울러 중원 정벌에 일차적 방패막이로 사용하기에도 딱 맞으옵니다."

"좋군. 일단 사도련부터 먹고 나서 생각해 보지."

천마의 입가에 잔혹한 미소가 걸렸다.

\* \* \*

야풍장.

말도 많았고, 탈도 조금 있었던 혼례가 치러지게 되었다.

오대세가, 정확히는 그중 세 세가가 대외적으로 과시할 목적으로 준비한 혼례식은 생각 이상으로 거창하게 열렸다.

혼례식의 참가에 딱히 초대장이 필요한 것은 아니다 보니 듣도 보도 못한 문파에서부터 낭인 등 무림인뿐만 아니라 현 조정의 실세라는 관인들까지 모여들었다. 사람들이 발에 치일 정도로 많아 큰 대장원이 좁게 느껴질 정도였다.

어차피 대외적으로 객을 맞이하는 이는 세 세가의 가주들과, 애초에 황실과 조정에 관심이 없는 야현이었기에 관인들이야 오건 말건 신경조차 쓰지 않았다.

어쨌든 이 모든 시끄러움은 외원에서의 일.

내원은 철저하게 출입을 금했기에 전과 그다지 달라진 것은 없었다. 다만 내원을 두른 담장 너머로 왁자지껄한 소리가 넘어오는 것을 제외하고 말이다.

"지소예요."

제갈지소가 자신의 방문을 알렸다.

"들어와."

허락이 떨어지자 제갈지소가 장주실로 들어왔다.

이어서 흑오도 그녀를 따라 안으로 들었다.

"남궁세가와 황보세가에서 방문하겠다는 전갈을 보내왔어요."

"황보세가는 그렇다고 하지만 남궁세가는 의외로군."

"전대 가주가 죽은 이후 현 가주의 행보가 좀 더 공격적으로 변했습니다."

전대 가주의 죽음에 대해 남궁세가도 입을 닫았고, 천기를 읽은 소림의 일암도 입을 열지 않았다. 야현과 제갈지소도 굳이 오대세가에 알리지 않았다.

"세 가주들이 좋아하겠군."

야현의 말에 흑오가 고개를 끄덕였다.

"콧대 높은 남궁세가에서 반쯤은 허리를 숙였으니 그럴 것입니다."

"훗."

야현은 피식 웃음을 터트렸다.

"주군. 함관입니다."

외원에서 대소사를 관장하던 집사 함관이 장주실로 찾아왔다.

"화산파 장문인과 무당파 장문인이 찾아오셨습니다."

야현과 제갈지소의 눈이 마주쳤다.

"본인을 알고 왔을 리는 없고."

"무림맹 때문일 듯싶어요."

"객이 찾아왔으면 반갑게 맞이하는 게 주인의 도리일 터."

야현은 비릿한 미소를 지으며 자리에서 일어났다.

*　　*　　*

내원 출입문으로 집사 함관이 장인이 될 두 가주들과 낮

선 두 노인을 안내하며 들어서고 있었다. 남색 장복은 화
산파 장문인 호염이었고, 단아한 연푸른 도복을 입은 도인
은 무당파 장문인 명헌 진인이었다.

"가주."

호염이 야현을 보자 잰걸음으로 다가와 허리를 숙였다.

"후원에 상차림을 부탁합니다."

"서둘러 준비하겠습니다."

야현이 마중을 나온 이상 자신의 할 일이 끝났다 여긴
함관이 주방으로 가고.

"어서 오십시오."

야현이 두 장문인을 향해 포권을 취했다.

"풍문으로 듣던 야 공을 이리 뵈니 반갑소이다."

호염은 호탕한 모습으로.

"무량수불."

명헌 진인은 자애로운 모습으로 첫인사를 나눴다.

"오랜만에 뵙겠습니다."

"총관 흑오라고 합니다."

이어 야현과 함께 온 제갈지소와 흑오와도 인사를 나눴
다.

"반갑소이다."

"무량수불."

간단한 인사가 오가고.

"후원으로 가시지요."

야현의 안내로 가주들과 두 장문인은 후원으로 향했다.


녹음이 우거진 후원 정자에 푸짐한 술상이 차려지고.

가벼운 대화와 술잔 몇 순배가 돌았다.

축하 인사와 덕담도 충분히 오갔고, 눈치를 보건대 호염과 명헌 진인은 슬슬 본건으로 넘어가고 싶어 하는 눈치였다. 그렇지만 야현이 함께 자리를 하고 있어 서두를 꺼내야 하나 말아야 하나 고심하는 눈치였다.

"긴히 나눌 말씀도 있을 듯하니 본인은 이만 일어나겠습니다."

야현이 자리에서 일어나자 모용세가 가주 모용곽이 말렸다.

"어차피 한 식구인데 편히 있어도 되네."

"그리해도 괜찮네."

사천당가 가주 당한경까지.

"어차피 들어봐야 잘 알지도 못할뿐더러 본인이 빠져야 편히 이야기를 나누지 않겠습니까? 못다 한 즐거움은 저녁 자리에서 나누도록 하지요."

야현이 거듭 사양하자 그들도 더는 말리지 않았다. 함께 있어도 문제없다지만 민감한 사안에서는 아무래도 눈치가 보일 수도 있기 때문이었다.

야현이 자리를 뜨고.

푸드득.

한 마리 까마귀가 후원 정자 지붕에 내려앉았다. 특유의 울음소리도 내지 않는 까마귀의 눈동자는 붉었다.


"개방 방주가 실종이라고 하셨습니까?"

"문제는 개방 방주만의 실종이 아니외다. 보름 전쯤 개방 총타 및 몇 주요 분타가 궤멸되었소."

명헌 진인의 말에 모용곽과 당한경의 표정이 심각해졌다.

"어둠의 세력이라……. 일암 대사의 말씀이라면 믿어야 하나 쉬이 믿어지지 않는구려."

"마교나 사도련의 짓이 아닌 것이 확실하오?"

모용곽의 질문.

"그건 잘 모르겠소이다."

명헌 진인은 딱히 숨기거나 감추지 않고 있는 그대로 알려주었다.

"소녀가 보기에 어둠의 세력 이전에 마교가 더 문제일 듯싶어요."

제갈지소가 그녀의 의견을 말했다.

비록 한 배분이 낮기는 하지만 그녀는 엄연한 제갈세가를 이끌어가는 가주. 그렇기에 그녀의 무게감은 결코 가볍지 않았다.

"마교의 제일 숙원."

"무량수불."

"흠!"

제갈지소의 말에 좌중은 무겁게 침음했다.

"드러난 적."

마교.

"함께 할 수 없는 적."

사도련.

"알지 못하는 암중의 세력."

이들은 알지 못하는 야현의 세력, 야회.

"두 장문인께서 오신 이유는 허울뿐인 무림맹을 다시 세우려 하심인가요?"

제갈지소의 직설적인 질문에 명헌 진인이 고개를 끄덕였다.

"그러하오."

자리가 자리인지라 호염도 경어로 대답했다.

"암중의 세력인가 뭔가는 모르겠지만 마교라."

당한경의 눈빛이 매서워졌다.

마교가 중원으로 넘어오면 가장 먼저 부딪히는 격전지가
바로 청해성과 사천성이다.

"찬성하오."

모용곽이 불쑥 말을 꺼냈다. 제갈지소는 그런 모용곽을
한 번 쓱 보더니 두 장문인에게 말했다.

"오파일방은 의견을 모은 듯하지만, 우리 쪽은 아니에
요."

"알고 있소이다."

알고 왔다는 소리.

그 말은 즉 오대세가의 대표를 세 가문으로 본다는 뜻.

당한경과 모용곽의 입가에 희미하지만 미소가 살짝 지어
졌다가 사라졌다.

"마침 내일 남궁세가와 황보세가에서 사람이 온다고 하
니 빠르면 내일이라도 답을 드릴 수 있을 거 같네요."


그 시각 야현은 책상에 발을 올리고 의자에 반쯤 누워
있었다.

"주군, 월영입니다."

월영이 장주실 안으로 급히 들어왔다.

야현이 눈을 뜨자.

까아악!

후원 정자 지붕에 조용히 앉아 있던 까마귀가 화들짝 몸을 털며 울음과 함께 하늘로 날아올랐다.

"무슨 일이지?"

월영의 표정이 심상치 않았다.

"마교가 문을 열었습니다."

"문?"

잠시 의문을 보였던 야현이 월영의 말뜻을 알아차렸다.

"마교의 숙원이 중원 정벌이던가?"

웅크렸던 마교가 드디어 일어선 것이다.

"행보는?"

"사도련인 듯 보입니다."

그러자 재미있다는 표정을 짓던 야현의 미간이 좁혀졌다.

"사도련? 흠."

야현은 잠시 생각에 잠기는가 싶더니 이내 피식 웃음을 터트렸다.

"천하제일의 머리를 가진 이가 마뇌라고 했던가?"

"천하제일의 지낭은 바로 저, 초량입니다. 주군."

그사이 안으로 들어온 초량이 단호한 목소리로 말했다.

"그건 봐야 아는 것이고."

야현이 고개를 돌려 흑오를 쳐다보았다.

"그대가 생각했던 삼분계. 마뇌인가 뭔가 하는 그도 그리 생각한 모양이야."

"세세한 계획은 마뇌, 그자일지 모르나 첫 화두는 천마일 것입니다."

초량이 야현의 말을 거들었다.

"그렇지. 천마. 천기를 본다고 했지?"

야현의 말에 초량이 고개를 끄덕였다.

"본인과 같은 별을 가진 자라. 기대되는군."

짝!

야현은 손바닥을 치며 자세를 바로잡았다.

"애써 공들인 사도련을 쉽게 넘겨줄 수는 없지. 월영, 마교가 사도련과 일전을 벌일 대략적인 시기는?"

"출전식을 비롯해 이동 시각을 따지면 빠르면 스무 일, 늦어도 한 달이면 될 듯합니다."

"흑오."

"예, 주군."

"구 문주에게 지금 사안을 알려 주고 대략적인 준비를 해놓으라고 전해. 본인이 오 일 후쯤 간다고도 전하고."

"그리하겠습니다."

"초량. 그대는 가용 가능한 전투 병력을 뽑아 봐."

"명."

야현은 다시 흑오와 월영을 쳐다보았다.

"천마라. 어쩌면 볼 수 있겠군."

야현의 두 눈동자에 가벼운 흥분이 담겼다.


천마대교.

그 중심, 거대한 석전(石殿)인 마천전(魔天殿).

그 앞 석판이 깔린 거대한 광장에 수천에 달하는 마인들이 오와 열을 맞춰 군집해 있었다. 그들의 시선이 향한 곳은 거대한 오 층 고루거각, 천마의 거처이자 마교의 중심 대전인 마천전이었다.

그르륵!

굳게 닫혀 있던 마천전 석문이 열렸다.

광장에 모인 마인들의 몸에서 뜨거운 열기가 피어났다.

석문을 통해 마천전으로 오르는 석단 위에 서른에 가까운 수뇌부들이 모습을 드러내고, 이어 열두 명의 장로가 나왔다. 그리고 잠시 후 네 명의 호법인 사마와 함께 마뇌가 시립했다.

이제 남은 이는 단 한 명.

초대 천마의 유지를 이은 이대 천마.

천지악.

저벅, 저벅, 저벅!

묵직한 발걸음 소리와 함께 그가 모습을 드러냈다.

그의 등장에 열기는 투기로, 투기는 광폭한 마기를 담아 광장을 휘감았다.

"오랜 시간이었다."

천지악의 그다지 크지 않은 목소리가 광장 구석구석으로 퍼져 나갔다.

천지악은 가벼운 발걸음으로 마천전 지붕으로 올라갔다.

"좋은 곳이지."

마천전 지붕 위로 보이는 웅장한 십만 대산 봉우리들.

웅장하지만 삭막하다.

산 특유의 푸르름도 잘 보이지 않는 석산.

"그런데 살 만한 곳은 아니지."

천지악은 고개를 내려 마인들을 내려다보았다.

"식상하게 마인 세상 어쩌고저쩌고 하지 않겠다."

천지악은 적막마저 흐르는 광장을 바라보며 부드럽게 말을 이어갔다.

"가자. 풍요로운 우리의 땅으로."

교리는 버렸으나 뿌리는 버리지 않았다.

쫓겨난 자신들의 고향.

한 번도 보지 못한 풍요로운 고향.

그 말을 기다려 왔다.

천 년의 세월 동안.

"와아아아아아아!"

"우와아아아아!"

마인들은 함성을 질렀다.

쿵!

그 함성이 묵직한 파장에 멈췄다.

"천마군림. 마교 천세!"

사마가 천지악을 향해 오체투지했다.

"천마군림! 마교 천세!"

"천세! 천세! 마교 천세!"

일만에 달하는 마인들이 천지악을 향해 엎드리며 외쳤
다.

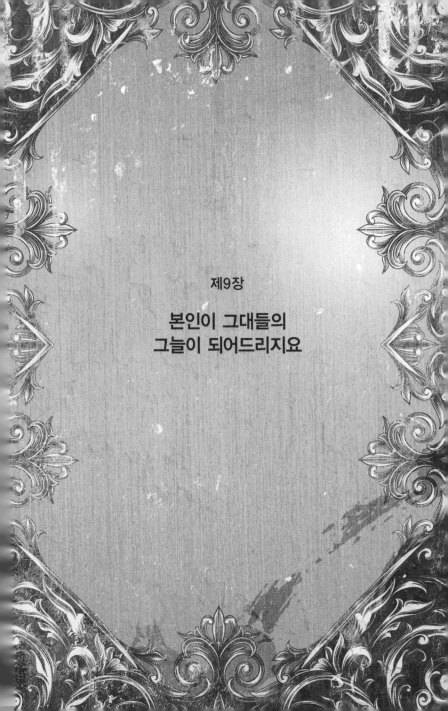

제9장

본인이 그대들의
그늘이 되어드리지요

내원 어느 객방.

"무량수불."

무당파 장문인 명헌 진인의 도호가 무겁다.

"어이 그러시오?"

화산파 장문인 호염이 묵직한 도호에 고개를 갸웃거리며 물었다. 그도 그럴 것이 오늘 오대세가와의 이야기는 예상대로 잘 마무리되었다. 남궁세가와 황보세가도 이미 마음을 굳혀 세 세가, 사천당문, 모용세가, 제갈세가의 뜻을 따르기로 했다.

이제는 오대세가와 오파일방, 아니 오파의 장문인들이 모여 다시 한 번 뜻을 확인하는 것만이 남았다.

홀가분한 마음으로 내일 있을 혼례식만 보고 떠나면 된다.

"장주 말이오."

"장주?"

장주라면 이 장원의 주인인 야현을 말하는 것이다.

"관인이라 들었소이다."

"세 세가와 맺어진 인연치고 특이하기는 하지요."

호엄은 명헌 진인의 말에 고개를 끄덕이기는 했지만 여전히 이해하지 못하겠다는 표정이었다.

"그런데 갑자기 왜……?"

"아니오. 아니외다."

명헌 진인은 다시 눈을 감았다.

"크하! 좋다, 좋아."

호엄이 술잔을 기울이는 소리에 명헌 진인의 미간이 슬쩍 좁혀졌다가 곧 원래대로 돌아왔다.

'역시 못 보는 것이로군.'

명헌 진인은 야현의 몸에서 희미하게나마 내력을 느꼈다.

그 기운이 너무나도 흐릿해 첫날은 알아차리지 못했다. 하지만 오늘은 확실히 느꼈다.

상상 이상으로 내력이 깊어 느낄 수 없는 것인지, 아니면 살수의 무공처럼 내력을 감추는 데 특화된 무공이라 그런 것인지는 알 수 없지만 분명 내력을 가지고 있었다. 근래에 자그만 벽을 허물었기에 어렴풋이나마 느낀 것이다. 아니라면 호염처럼 전혀 알지 못하고 넘어갔을 터였다.

선대 황제 폐하의 총애를 받았다고 들었다.

'드러나지 않은 황실의 검인가?'

관직도 도어사라 했다.

'흠!'

오로지 황제의 명만 듣는 특무직.

"참, 들었소이까?"

호염의 목소리가 상념을 깨트렸다.

"무엇을 말이오?"

"내일 혼례식에 맞춰 어사주가 온다고 하더이다."

"어사주?"

"험험. 본파 제자들이 이곳 장주와 자그만 인연이 있다 하오. 그래서 들은 바인데 장주가 현 황제 폐하의 옹립에, 일등 공신이라 하더이다. 하여 친히 어사주를 내린다 하오."

'일등 공신에 어사주라.'

명헌 진인의 눈동자에 담긴 고뇌가 옅어졌다.

관과 무림은 불가침의 관계.

그런 관인이라면 더더욱 무림과는 상관없는 삶을 살아갈

터.

'괜한 근심이었나 보군.'

하긴 관인이라고 무공을 익히지 말라는 법은 없지 않은가? 하물며 절대자 자리에 황제 수신호위도 한 자리를 차지하고 있을뿐더러 관과 무림에 두 곳 모두 영향력을 과시하는 하북팽가도 있다.

순간 피식 실소가 흘러나왔다.

장주가 무공을 익혔든 안 익혔든 아무 상관 없는 일이거늘.

명현 진인의 눈은 금세 평안해졌다.

찌직— 찌직!

붉은 눈동자를 가진 쥐새끼 한 마리가 서까래를 타고 지붕 밖으로 사라졌다.


야현은 눈을 떴다.

그리고 자리에서 일어나 몸 안에 웅크려 있는 내력을 느꼈다.

완벽하게 모든 이를 속일 수 없을 거라 생각은 했었다. 사천당문의 가주 당한경도 언질을 주지 않았지만 어렴풋이 자신의 내력을 느낀 듯하다. 적어도 절대자의 이름을 올린 이들의 눈은 속이지 못할 거라 예상했었고, 실제로도 그러했다.

다만 무당파 장문인은 의외였다는 것일 뿐.

"무당은 무당인가?"

오랜 시간 이어져 온 대문파, 그 힘은 강하다. 당장 드러난 힘보다 땅에 깊게 박혀 있는 굵은 뿌리가 강하게 만드는 것이다.

'철저하게 관인으로.'

황실은 좋은 가면이다.

무슨 표정을 짓고 있는지를 완벽하게 감춰주는.

"지소예요."

제갈지소가 방문을 알렸다.

"들어와."

제갈지소가 안으로 들어왔다.

"보고 드리려고 왔어요."

"무림맹?"

"네."

"앉아."

야현은 서탁 맞은편 의자를 가리키며 다시 자리에 앉았다.

"어차피 오간 대화는 다 알고 있으니 본론만 말해."

오후에 있었던 회합은 의외로 간단하게 끝났었다.

오파일방, 그리고 오대세가 중 세 세가.

이미 이야기가 끝난 상황에서 남궁세가와 황보세가가 달리 결정할 수 있는 사안은 그다지 많지 않았다. 그리고 세부 조율에 들어가면 모를까 이번 회합의 목적은 오로지 단 하나, 무림맹 결성에 대한 대전제만이 논의된 것이라 큰 의견 충돌도 있을 리 만무했다.

"한 달 후 무림맹에 관해 본격적인 논의가 이뤄질 예정이에요."

"본론만."

"주군이 생각하시는 바가 있으신가요?"

"그다지."

야현은 별로 신경을 쓰지 않는 듯 무심한 목소리로 말했다.

"어차피 제갈세가는 내 것이고."

야현의 말에도 제갈지소의 표정에는 변화가 없었다.

"남궁세가와 황보세가는 그다지 신경 쓸 존재가 아니고."

"문제는 사천당문과 모용세가로군요."

"그렇지."

겉으로는 같은 편이라 하지만 속으로 파고들면 그렇지 않다.

"그거야 담판을 짓든가 아니면 가주를 바꾸면 될 것이고.

그렇군."

야현이 재미난 생각이 든 모양이다.

"무림맹 내 무력 단체가 만들어지겠지?"

"그래요."

"일단 무림맹 산하 무력 단체는 오파일방, 오대세가를 따지지 말고 한데 모아서 만들어."

그 말에 제갈지소의 미간이 좁아졌다.

"쉽지 않은 일이네요."

"해."

야현의 짧은 명령.

"알겠어요. 일단 화합을 앞세워 만들어 보도록 하죠."

제갈지소는 고개를 끄덕이며 명을 받아들였다.

"이유를 들어봐도 되나요?"

"위를 흔들 수 없다면 아래서 흔드는 것도 한 가지 좋은 방법이야."

"……?"

"젊은 청춘. 피가 한창 끓을 나이지."

"……엘리."

제갈지소는 서큐버스 엘리를 떠올리며 중얼거렸다.

"좋은 생각이시네요."

"여인의 속살을 당할 남자는 없지. 더욱이 서큐버스의 미약이라면 대신관도 옷을 벗을 정도니.”

“알겠어요. 그렇게 진행하도록 하죠.”

제갈지소의 입가에 화사하면서도 음산한 미소가 지어졌다.

“좋은 생각이 떠오른 모양이군.”

“네. 제법 좋은 생각이 떠올랐어요.”

“호호호, 이런 자리에 소녀를 빼고 이야기를 나누시면 안 되지요.”

흑발에 단아한 얼굴을 한 여인이 장주실로 들어왔다.

황태자비로 죽으며 새로이 육신을 갈아탄 엘리였다.

야현은 눈으로 빈 의자를 가리키며 제갈지소를 바라보았다. 계속 말을 하라는 뜻.

“과거 오파일방과 오대세가의 대립이 심화되기 전 무림맹에 후기지수들로 꾸린 무력 단체가 있었어요.”

“좋은 선례군.”

“청룡단, 백호단. 주작단. 현무단. 그 명칭들이에요.”

“그래서 요지는?”

“네 무력 단체는 언뜻 평등해 보이지만 결코 평등하지 않았어요. 단 내에서의 서열도 있지만 단체 사이에도 서열이 있어요.”

“서열이라.”

"그 서열을 정하는 것이 가진 무위. 일종의 시험을 통하여 우열을 가리죠."

"그래서?"

"문파의 입김이 닫지 않게, 객관적으로 평가를 하기 위해 시험은 대부분 폐쇄된 관(關)에서 치루죠. 짧게는 하루, 길게는 며칠."

"이런, 이런."

야현의 입가에 잔인한 미소가 지어졌다.

"그 관에서 바꿔치기를 하면 됩니다. 아미파 여제자를 비롯해 각 문파의 여제자들을. 서큐버스로."

제갈지소가 고개를 돌려 엘리를 쳐다보고는 입꼬리를 말아 올렸다. 그 미소는 야현의 미소와 닮아 있었다.

"호호호호호호."

그 미소에 엘리가 웃음을 터트렸다.

"엘리."

"예, 주군."

야현의 호명에 엘리는 입가의 웃음기를 지웠다.

"서방에 있는 수하들을 모조리 데려와."

"알겠어요."

대답이 끝나자 야현은 다시 물었다.

"일위는 어찌 되어 가나?"

"안 그래도 그 때문에 찾아왔어요."

"문제가 있나?"

"문제가 많아요."

엘리가 이마에 주름을 잔뜩 만들었다.

"무슨 문제지?"

야현의 눈매가 매섭게 변했다.

"순진한 건지, 아니면 둔한 것인지. 켈리 그 년만 끼고 살아요. 그래서 다른 년들의 성화 때문에……, 꺄악!"

엘리는 목소리에는 어느새 장난기가 담기기 시작했다. 그러나 그 장난기 어린 목소리는 오래가지 못했다. 어느새 야현이 엘리의 목을 움켜잡은 채 서 있었기 때문이었다.

"자, 잘못……."

힘겨워하는 엘리의 목소리가 채 끝나기도 전에.

콰직!

야현의 엘리의 목을 부숴 버렸다.

바닥으로 쓰러지는 엘리의 시신 위로 보랏빛 연기가 피어올랐다.

"엘리. 마지막 용서다."

야현의 차가운 목소리에 보랏빛 연기가 마치 몸을 떨듯 부르르 흩날리다가 문틈 사이로 사라졌다.

"내일 혼례도 치러야 하니 가서 쉬도록."

"알겠어요."

제갈지소도 굳은 표정으로 자리에서 일어나 나갔다.

"흠."

홀로 남은 방.

야현의 눈동자는 어느 때보다 붉게 물들어 있었다.

'이상해.'

야현은 시선을 내려 손바닥을 바라보았다.

서큐버스는 애초에 농염함과 장난기를 가지고 태어난 종족이다. 그렇다 보니 엘리의 저런 장난은 처음이 아니었다.

이상하리만큼 요즘 감정의 기복이 심해졌다.

뱀파이어가 되고 나서 처음 있는 일이었다.

'언제부터였지?'

가장 최근의 일은 개방 북경 분타에서의 일이었고, 그전에도 간간이 평정심을 잃은 적이 종종 있었다.

감겼던 눈동자가 번쩍 떠졌다.

'무공.'

엄밀히 말하자면 남궁기에게 한 번 패하고 난 후 그에 대적하기 위해 대문파 영단을 흡수해 내력을 끌어 올린 뒤였다.

'대략 그때쯤부터이군.'

주화입마.

'흠.'

속으로 침음성을 삼켰다.

이내.

히죽!

웃었다.

원인을 모르면 몰랐으되 알았으면 됐다.

'조만간 전진교에 들려봐야겠군.'

당혹스러울 정도의 기복도 아니고 이 정도의 기복은 나쁘지만은 않았다.

메마른 감정이 꼭 다시 살아난 느낌?

조금은 인간이 된 느낌?

사도련의 일도 있으니 잠시 즐기는 것도 나쁘지 않으리라 여겼다.

       *       *       *

그리고 시간이 흘러.

야현의 입장으로는 지루한 혼례식이 끝났다. 하지만 좀처럼 보기 힘들 정도로 화려한 혼례식이도 했다. 더욱이 황실에서 나온 어사주가 흥을 돋우니 모두가 즐거운 잔치로 마무리되었다.

혼례복을 벗은 야현은 세 명의 신부, 모용란, 당린린, 제갈지소를 보며 말했다.

"혼례 첫날이라 그대들과 밤을 보내는 것이 이치에 맞으나."

"괜찮아요."

모용란이 수긍한다는 듯 고개를 끄덕였다.

그녀뿐만 아니라 당린린도 화려한 혼례식 뒤에 바쁜 움직임을 본 터라 급한 일이 있을 거라고 짐작하고 있었다.

"무슨 일인지 여쭤 봐도 되나요?"

당린린.

그녀는 엘리와 비견될 만큼 농염한 자태로 야현 품에 파고들며 물었다.

"마교가 십만대산의 문을 열고 나왔어."

야현의 말에 제갈지소의 안색이 굳어졌다.

"그 행보가 향하는 곳은 사도련."

모용란과 당린린도 그에 관해서는 언뜻 들은 듯 고개를 끄덕이면서도 여전히 의아한 표정을 지었다. 오대세가의 가주들과 명헌 진인, 그리고 호염이 시간이 허락할 때마다 그에 관해 이야기를 나누었으니 그녀들도 모르려야 모를 수가 없었다.

"그런데 사도련이 가가와 무슨 상관이 있으시다고."

당찬 성격답게 역시나 궁금한 것은 참지 않는 당린린이었다.

"사도련의 사사가는 알지?"

"네."

당린린은 대답으로, 모용란은 고개를 끄덕이는 것으로 답을 대신했다.

"오사가로 바뀐 것은 알고 있나?"

"대충은요."

"새로 올라선 무가가 혈랑문이지."

야현은 당린린의 허리를 쓰다듬으며 모용란을 쳐다보았다.

"그 혈랑문. 본인의 것이야."

품에 안긴 당린린의 몸이 흠칫거렸다. 아울러 모용란도 놀란 듯 두 눈이 동그랗게 떠졌다. 야현은 부드러운 미소와 함께 손짓으로 모용란을 불러 당린린과 함께 포근하게 안았다.

"마교가 사도련을 집어삼키려고 하지. 본인도 사도련을 가지려고 하고."

야현은 마치 품에 안긴 연인에게 옛날이야기를 하는 것처럼 이야기를 이어갔다.

"하, 하지만 가가."

당린린이 품에서 살짝 떨어지며 야현을 올려다보았다.

"하오문이 본인의 것이라는 것을 알지?"

"네."

"일통된 살수도 본인의 것이고."

"그, 그렇다면?"

경직된 음성의 주인은 모용란이었다.

"무림맹의 창설. 그 주요 원인 중 하나인 암중의 세력. 바로 그 수장이 본인이야."

"헛!"

"헙!"

모용란과 당린린은 너무 놀라 헛바람을 들이마시며 놀란 눈으로 야현과 제갈지소를 번갈아 쳐다보았다.

"그, 그렇다면."

모용란의 떨리는 목소리.

"괜찮아."

야현은 모용란과 당린린을 다시 안았다.

"그대들에게 약속하지. 정파 무림의 거장은 앞으로 소림과 무당이 아닌 본인의 세 처가가 되게 해주겠다고."

"가가를 믿어요."

당린린.

야현은 고개를 돌려 모용란을 쳐다보았다.

"출가외인이라고 했어요."

독한 눈빛.

야현은 그런 모용란의 이마에 입을 맞췄다.

"흡!"

그 모습에 당린린이 야현이 모용란의 이마에서 입을 떼기가 무섭게 입술을 가져갔다.

가볍지만 약간은 진한 입맞춤 후 야현은 두 여인을 품에서 떨어뜨리며 물러났다.

"그럼 다녀오지."

야현이 장주실을 나가고 제갈지소가 그 뒤를 따랐다.

"괜찮으시겠어요?"

"괜찮아. 내 사람이니까."

야현의 말에 제갈지소의 미간이 좁아졌다.

이해가 되지 않는다.

야현은 한없이 냉정하고 무섭고 잔인하며 지독히 이기적이다. 그러면서도 한편으로 바보처럼 너그럽다. 좀처럼 이어지지 않는 그 양면성이 여전히 낯선 까닭이었다.

"다녀오지."

"다녀오세요."

"잊었군."

야현은 제갈지소의 이마에도 가볍게 입을 맞췄다.

"그대도 이제 본인의 처이니."

야현은 제갈지소를 향해 한쪽 눈을 감아주고는 허공을 찢어 곧장 사도련으로 향했다.

*       *       *

혈랑문 대전.

긴 탁자에 스물 남짓한 사내들이 앉아있었다.

새로이 상가(上家)에 오른 혈랑문을 지지하는 문파의 수장들이었다.

"먼 걸음 내주셔서 감사드리오."

구염부가 포권으로 먼저 인사를 올렸다.

"구 모가 문주와 가주들을 급히 부른 이유는 다름이 아니라, 마교 때문이외다."

"마교?"

현재 혈랑문을 필두로 급격히 성장하는 신흥 파벌, 혈성파에 대해 서서히 노골적으로 견제하기 시작한 사사가. 그 사사가 때문에 모인 것이 아닌가 대부분 짐작하고 있었는데 전혀 예상 밖이었던 마교가 혈랑문 문주 구염부의 입에서 나왔으니 다들 의아한 반응을 보일 수밖에 없었다.

"마교가 닫힌 하늘을 열었소. 봉문 아닌 봉문을 깨고 십만대산에서 나오려 한다 하오."

아무리 천하 삼대 세력인 사도련이라고 해도 마교는 거북한 존재였다.

모인 문주와 가주들은 마교의 염원이 중원 정벌이니 무림맹과의 싸움에서 숱한 피가 뿌려지리라 생각했다. 그러나 이어진 구염부의 말은 청천벽력과도 같았다.

"마교의 목표는 바로 사도련이외다."

쿵!

커다란 몽둥이로 뒤통수를 맞은 것처럼 자리에 모인 문주들과 가주들은 놀란 나머지 입을 여는 이가 없었다.

"화, 확실한 것이오?"

"그렇소이다."

"사사가는?"

"그들은 아직 모르는 것 같소."

구염부의 말에 분위기는 급격히 무거워졌다.

"정녕 사도련에는 희망이 보이지 않는 것인가?"

누군가의 탄식이 흘러나왔다.

수백 년간 이어져 온 사사가의 군림.

사도련은 사파인들의 연합이 아닌 그들만의 단체였다.

이제 혈랑문을 중심으로 오랜 부조리를 깨트리려 하는데 마교가 오고 있다고 하니 힘이 쭉 빠지는 느낌이었다.

"그렇군."

혈성파 핵심 문파, 묵룡신가의 가주 신림의 말에 이목이 그에게로 집중되었다.

"마교가 중원이 아닌 본련으로 오는 이유 말이외다."

신림은 심각한 얼굴로 말을 이어갔다.

"마교는 본련을 흡수하고 중원 정벌에 선봉을 세우려는 모양이오."

좋게 말해 선봉.

흡수된 패잔병들은 말이 선봉이지 화살받이 칼받이, 그 이상도 그 이하도 아니었다.

"사사가는?"

"사도련은 무너져도 그 네 가문은 무너지지 않을 것이오. 대항하든 백기를 들든 적당한 대우를 받으며 마교의 한 가문으로 들어가겠지요."

누군가의 질문에 신림은 이를 악물며 말했다.

쾅! 쾅쾅쾅!

울분에 찬 얼굴로 몇몇 이들이 탁자를 내려쳤다. 그 힘이 얼마나 강한지 탁자가 부서지지 않은 것이 다행일 정도였다.

짝짝!

구염부가 손바닥을 쳐 분위기를 환기시키며 이목을 자신

에게로 집중시켰다.

"그렇게 되지 말자고 이 구 모, 여러분들을 부른 것이오."

"그럼 방도가 있는 것이오?"

패천문 문주 기덕해.

"마교가 칼을 빼 든 이상 그들과의 일전은 피할 수 없는 법. 그렇다고 공론화하기에는 자칫 사사가에 역풍을 맞을 수도 있소."

"그렇다면 어쩌자는 소리요?"

답답해하는 목소리.

"내 방도가 없지는 않으나 지금 당장 밝힐 수는 없소이다."

"무슨 방도이기에 말씀하실 수 없다는 것이오?"

성격 급한 거권방 방주 적무가 답답하다는 듯 재촉했다.

"휴우—."

적무의 말에 동의하는 문주와 가주들의 시선에 구염부는 나직하게 한숨을 내쉬었다.

"그렇다면 일단 운을 띄워보리다."

구염부는 식은 찻잔으로 목을 축인 후 말을 이어갔다.

"신 가주의 말씀처럼 마교와의 일전을 치루면 십 중 팔 할은 필패할 것이오. 나머지 이 할도 사사가를 비롯해 사도련이 일심단결해야만이 전쟁에서 이길 수 있을 것이외다."

하지만 그리 되지 않으리라는 것을 여기 있는 이들은 모두 알고 있었다.

"마교가 원하는 것은 사도련의 흡수. 사사가는 필시 마교의 그늘로 들어갈 것이외다. 하지만 이 구 모는 마교의 그늘로 들어갈 생각이 없소이다."

"분열."

생각이 깊은 신림의 중얼거림.

하지만 대전 안이 워낙 조용했던 터라 가주와 문주들은 그 중얼거림을 들었다.

"까짓것 우리 혈성파가 사도의 기치를 세운다고 합시다. 허나 반으로 갈라진 사도련이 앞으로 마교와 무림맹에 맞서 균형을 유지할 수 있겠소?"

"그러니 일단 스스로 만반의 준비를 하셔야 하오."

"분명 그에 대해서도 방도를 세운 듯한데 왜 말을 돌리시오? 우리가 못 미더운 것이오?"

적무의 날카로운 지적.

"휴우—."

구염부는 다시금 한숨을 내쉬었다.

그리고 생각에 잠기는 모습.

다시 구염부가 고개를 들었다.

조금 전 망설이던 눈빛과 달리 그의 눈동자는 굳건하게

빛나고 있었다.

"후회하지 않을 자신들 있소이까?"

구염부는 좌중에 앉은 문주와 가주들을 일일이 쳐다보았
다.

"어차피 구 문주와 한 배를 탄 몸이외다."

"구 문주가 실질적으로 우리를 이끌고 있으니 어떤 결정
을 한다 하여도 믿고 따르겠소."

가주와 문주들은 결심에 찬 눈으로 구염부를 쳐다보았다.

"부탁하겠소이다."

구염부가 고개를 돌려 누군가에게 말했다.

당연히 그 시선이 구염부의 눈이 향한 곳으로 향했다.

낯선 색목인.

베라칸이었다.

"문과 창문을 폐쇄하라."

"명!"

"명!"

우렁찬 목소리.

척! 척!

그와 함께 울리는 묵직한 쇳소리.

묵빛 갑옷을 입은 기사단이 모습을 드러내며 대전 문과
창문을 가로막았다.

"이, 이게 무슨."

"구, 구 문."

당연히 갑작스러운 무장 병력의 등장에 몇몇 가주와 문주들이 당혹해하는 감정을 드러냈지만, 대부분의 가주와 문주들은 비교적 담담히 구염부를 쳐다볼 뿐이었다.

"어차피 사사가가 존재하는 이상 진정한 사파의 단체는 불가능하외다."

구염부의 목소리에는 서서히 힘이 담기기 시작했다.

"하여 이 구 모는 마교의 손에 상처 입고 찢어진 후에 다시 여러분들과 사도련을 세우려 했소이다."

묵묵히 고개를 끄덕이는 몇몇 가주와 문주들.

"그러나 반으로 갈라진다면 그 또한 지금의 성세를 이어가기에 불가능한 법. 어쩌면 나약해진 사도련을 무림맹과 마교가 물고 뜯을지도 모르오."

"그래서 어쩌자는 소리요?"

성격 급한 누군가의 외침.

"그래서 이 구 모는 진정한 사도련을 세울 수 있는 그늘로 들어가고자 하오."

"……!"

"……!"

폭탄선언에 모두가 할 말을 잃은 듯 무거운 정적이 흘렀다.

"또한 이 구 모가 주군으로 모시고 있는 분을 이 자리에 소개하겠소이다. 어둠의 주인, 야회 회주이시오."

드르륵.

구염부가 자리에서 일어나 몸을 틀어 허리를 깊게 숙였다.

"주군."

저벅 저벅 저벅.

그늘진 곳에서 걸음 소리가 시작되었다.

어둠 속에서 빛나는 두 개의 붉은 눈동자.

야현이었다.

"반갑습니다, 여러분."

야현은 양팔을 들어 올리며 부드러운 미소로 인사했다.

제10장

# 본인의 모든 힘을 보고 싶다고요?
# 그럴 수 있을까요?

구염부는 야현을 향해 허리를 깊게 숙였다.

"죄송합니다, 주군."

"어쩔 수 없지요."

가능하면 야현의 존재를 드러내지 않으려 했지만 세상사가 계획한 대로만 흐를 수만은 없는 법. 야현은 구염부가 양보한 상석에 서서 혈성파 가주와 문주들을 쳐다보았다.

"반갑습니다."

야현의 인사에 돌아온 것은 정적.

침묵과 함께 대부분의 시선은 야현이 아닌 구염부에게로 향해 있었다. 특히 몇몇은 노골적으로 적개심을 표출하기도 하였다.

쿵!

야현은 가볍게 발을 밟으며 강한 기세를 표출하였다. 그리고 그 기운을 이용해 가주와 문주들의 시선을 자신에게로 모았다.

"원래는 사도련과 마교의 전쟁에서 그대들을 구원한 다음 끌어안으려고 했습니다만."

야현은 책상에 손을 얹으며 입가에 미소를 드러냈다.

"그대는 누구요?"

거권방 방주 적무가 야현의 말을 자르며 끼어들었다.

야현은 눈살을 슬쩍 찌푸리며 적무를 바라보았다.

"본인은 누군가가 본인의 말을 자르는 것을 그다지 좋아하지 않습니다."

묵직한 기운.

그렇다고 내력을 담아 기세를 드러낸 것은 아니다. 단지 야현에게서 거부할 수 없는 중압감이 자연스레 표출된 것이다.

"본인은 관대하지요. 모르고 한 일까지 추궁하지 않습니다. 하지만 앞으로는 그러지 마세요. 아시겠지요?"

야현은 입가에 부드러운 미소를 지으며 다시 시선을 좌중에게로 돌렸다. 그리고 언제 그랬냐는 듯 야현에게서 뿜어져 나오는 무거운 기세가 사라졌다.

"일단⋯⋯."

야현은 시선을 다시 적무에게로 돌려 쳐다보았다.

"거, 거권방 방주 적무라 하오."

적무는 굳은 표정으로 대답했다.

"적 방주께서 물으셨고, 다들 궁금해하시는 눈치이니 먼저 본인을 소개하도록 하죠."

야현은 탁자에서 손을 떼며 허리를 세웠다.

"야회의 회주."

반 박자 쉬고 다시 말을 이었다.

"밤을 가지려는 자."

"⋯⋯?"

"⋯⋯?"

야현의 말에 다들 이해하지 못한 눈빛들이었다.

"일단 하오문을 거뒀고, 중원의 살수 단체를 접수했고. 무림맹에 적당히 내 사람들이 있으며, 사도련에도."

야현은 고개를 돌려 구염부를 쳐다보았다.

구염부가 가볍게 허리를 숙였다.

"지금은 사도련을 내 밑에 두고 싶어 합니다."

놀라는 이, 표정이 굳어진 이.

각양각색의 표정 속에 야현은 말을 이어갔다.

특히 그중 즉흥적인 표정이 아닌 신중한 표정을 짓고 있는 이들이 야현의 눈에 띄었다.

묵룡신가 가주 신림, 그리고 패천문 문주 기덕해.

그 둘이었다.

성격이 급하지만 음흉하지 않고 숨김없는 거권방 방주 적무와 함께 구염부가 믿을 수 있는 세 사람 중 둘이었다.

"묻고 싶은 게 두 가지가 있소이다."

그중 가장 신중하고 생각이 깊다는 신림이었다.

"하세요."

야현은 그제야 자리에 앉으며 신림과 눈높이를 맞췄다.

"과연 마교의 손에서 사도련, 또 그중 우리 혈성파를 지킬 수 있는가가 그중 일(一)이요. 이(二)는 과연 회주께서 우리를 거둘 그릇이 되느냐이며, 삼(三)은 거둔다면 사도련을 어찌 할 생각이시오?"

핵심을 찌르는 질문이다.

"좋은 질문이군요."

그사이 야현은 구염부가 가져온 차를 들어 느긋하게 한 모금 마셨다.

"마교와 전쟁에서 일단 한판 붙어야지요. 죽을 놈은 죽겠고, 죽일 놈도 죽이고, 거둘 이들을 거두고."

"이 신 모의 질문에서 벗어난 것 같소이다."

"혈성파를 지켜주지 않을 겁니다. 알아서 살아남으세요. 본인이 아무리 너그러워도 제 한 몸 지키지 못하는 이들까지 책임져주지 않습니다."

가뜩이나 호의적이지 않은 분위기가 더욱 흔들렸다.

그러거나 말거나 그는 개의치 않고 말을 계속 이어갔다.

"그렇다고 손 놓고 지켜볼 생각도 아닙니다."

야현은 신림뿐만 아니라 다른 가주와 문주들의 얼굴을 하나하나 쳐다본 후 말을 이었다.

"쓸데없는 죽음은 막을 생각입니다. 더불어."

야현의 입꼬리가 말려 올라갔다.

"마교에게 한칼 날려볼 생각입니다. 뭐, 교주라는 작자의 얼굴도 보고 싶고."

"……!"

"……!"

야현을 바라보는 시선이 바뀌었다.

놀라움을 드러내거나, 아니면 비웃거나.

전성기였다면 말이 달라지겠지만, 만약 그랬다면 지금처럼 내분도 일어나지 않았을 것이다. 어찌 되었든 현재 사도련의 힘이 하나가 된다 하여도 마교와의 전쟁에서 승리를 장담할 수 없다.

"고작 한칼. 그 정도는 이 몸도 할 수 있소."

적무가 코웃음을 날렸다.

그에 동조한 비음과 술렁거림도 뒤따랐다.

"본인의 모든 것을 건다면 한판 붙을 만하지만 득보다 실이 많습니다."

"증명할 수 있소이까?"

패천문 문주 기덕해가 물었다.

"살아남으면 자연스레 알게 될 겁니다."

야현은 여유롭게 대답했다.

하오문과 살문을 가지고 있다 해도 하오문과 살수는 마교는커녕 사도련, 아니 혈성파와 비교조차 할 수 없다.

비교 자체가 어불성설.

또한 무림맹에 그의 사람이 있다 하여도 마교와의 전쟁에서 동원할 수는 없는 법. 그럼에도 마음을 먹으면 마교와 싸울 수 있다는 야현의 말에 신림조차 믿을 수 없다는 표정을 지었다.

"믿어도 되오."

구염부가 답답하다는 듯 나섰다.

"주군께서 말씀하신 단체는 오로지 중원의 것뿐. 주군의 진정한 힘은 이곳 동방, 중원이 아닌 미지의 땅, 서방에 있으시오."

"······?"

"혹 새외를 말씀하시는 것이오?"

"새외 넘어 색목인들의 땅, 서방의 땅이 있소. 주군은⋯⋯."

쿵!

"구 문주."

야현이 책상 위에 발을 강하게 얹었다. 그리고 다리를 꼰 채 좌중을 쳐다보며 말했다.

"구질구질해 보여. 이거 누가 누구를 거두러 온 것인지 모르겠군."

야현이 자리에서 일어났다.

마주하는 것만으로 움츠러들게 하는 중압감에 그새 고개가 빳빳해진 혈성파 문주들과 가주들의 표정이 무거워졌다.

"본인은 사도련 같은 자그만 단체는 관심 없습니다."

사도련을 일개 하오문이나 살문과 동급으로 취급한 것이다. 나름 평정심을 유지하고 있던 신림도 눈썹을 꿈틀거렸다. 동시에 신림은 야현을 직시했다.

대단한 자신감.

그러나 그 자신감이 진정한 자신감인지 아니면 오만인지.

'흠.'

신림은 나직하게 침음성을 삼키며 고개를 돌렸다. 기덕
해도 자신과 같은 생각을 하고 있는 듯 보였다.

"사도련의 이름을 유지하든 다른 이름으로 사파의 깃발
을 꽂든 상관하지 않을 생각입니다. 설명은 이만하면 되겠
고."

야현의 눈빛이 변했다.

부드러움은 사라지고 날 선 칼날처럼 바뀌었다.

"선택은 그대들의 것이오. 본인의 그늘에 들어오든지 말
든지. 허나 지금 선택을 해줘야겠어요."

야현은 탁자에서 다리를 내리고 양팔을 괴며 얼굴을 가
주와 문주들에게로 가져갔다.

"지금 본인의 그늘로 들어온다면 그대들을 마교와의 전
쟁에서 지켜줄 것입니다."

선택의 강요.

가주와 문주들은 야현과 방 안을 가득 채운 무사들을 살
피며 얼굴을 굳혔다.

"모두 물러가세요."

야현은 손을 저어 무사들, 적랑 기사단 기사들을 뒤로
물렸다.

"본인의 그늘로 들어오지 않아도 괜찮습니다."

고이 보내주겠다는 소리.

"그래도 경고 하나는 하죠. 본인의 존재를 알리거나. 마교의 그늘로 가지는 마세요. 그때는 본인을 직접 대면할 것입니다."

서늘함이 가주와 문주들의 가슴을 꽉 쥐었다.

쾅!

적무가 탁자를 주먹으로 내려치며 자리에서 일어났다.

"나는 무식해서 그런 수 싸움을 모르오."

적무는 구염부를 잠시 쳐다본 후 다시 야현을 바라보았다.

"내가 아는 구 문주는 믿을 사람이고, 그런 그가 이렇게 소개를 한다면 필시 주군으로 모셔도 부족함이 없을 것이라 여기오. 그러나."

적무는 신림과 기덕해를 짧게 쳐다본 후 말을 이었다.

"믿을 수 있는 것과 의지할 수 있는 건 다르다 보오."

"흐음."

야현은 의자 등받이에 몸을 기대며 적무를 올려다보았다.

"그리고 회주께서는 사도련 따위는 하찮은 것으로 여기니 그만한 실력이 있으신지 알고 싶소이다."

그 말에 좌중 대부분이 고개를 끄덕였다.

구염부를 선두로 묵룡신가 신림, 패천문 기덕해, 거권방 적무가 실질적으로 혈성파를 이끌어간다고 하더니 과연 그것이 사실인 듯했다.

"혼자?"

야현의 말에 적무의 뺨이 파르르 떨렸다.

"하하하하하."

그러더니 화끈한 웃음을 터트렸다.

"그렇구려. 사도련도 아니오, 무림맹도 아닌 밤을 가지고자 하는 분에게."

적무는 고개를 돌려 가주들과 문주들을 쳐다보았다.

"이 적 모를 도와줄 분 아니 계시오?"

우르르.

다섯 명의 인물들이 자리에서 일어났다.

야현의 입가에 미소가 지어졌다.

생각보다 일이 쉽게 풀리게 되었다.

물론 여기서 좋은 결과가 나온다고 해서 최상의 결과가 나오리란 법은 없다. 자신의 경고를 무시하는 이도 몇몇은 있을 것이다.

며칠간 힘겨워도 패밀리어를 이용해 철저하게 감시할 생각이었다.

그리고 본보기로 죽일 것이다.

처참하게.

어쨌든 그건 후의 이야기이고.

드르륵.

야현은 의자를 뒤로 밀며 자리에서 일어났다.

"대연무장으로 모시겠습니다."

구염부의 말에 모두가 혈랑문 대연무장으로 향했다.

넓은 대연무장 주위로 혈성파 가주와 문주, 적랑 기사단 외에 혈랑문 제자들도 모두 모여들었다.

자신들의 문주, 구염부가 모시는 주군.

과연 그의 실력은 어느 정도인가 하는 강한 호기심 때문이었다.

많은 이들로 하여금 대연무장이 북적였지만 구염부는 제자들을 말리지 않았다. 대부분 제자들은 풍문으로만 야현을 접했다.

마교와의 전쟁이 눈앞인 만큼 야현의 진정한 실력을 보여줄 필요가 있다. 강한 자의 그늘 아래 있다는 것만으로도 제자들의 사기는 높아질 것이다.

자박.

야현이 느린 걸음으로 대연무장 중앙으로 걸어갔다.

모두의 시선이 야현에게로 쏠렸다.

"더 나설 분 있으신가요? 몇이든 본인은 상관없습니다."

야현은 시선을 즐기며 가주와 문주들을 쳐다보고 웃음을 지었다.

"노부의 손까지 원하신다면야 양보하지 않겠소이다."

"실망시키지 말기를 바라오."

열 명을 채우려는 듯 네 명이 더 나섰다.

"더는 없는 듯하군요."

야현이 대연무장 중앙에서 자리를 잡자 열 명의 가주와 문주들이 에워쌌다.

야현은 고개를 들어 하늘을 쳐다보았다.

서서히 해가 저물어가고 있었지만 여전히 환한 낮.

"준비 되었소?"

야현은 왼손 약지에 끼워진 반지를 매만지며 그를 향해 섰다. 그리고 단전에서 내력을 끌어올려 반지로 밀어 넣었다.

퉁!

자그만 공명음.

그리고 사방으로 퍼져나가는 파장.

파장이 대연무장을 가득 덮고 하늘로 뻗어 올랐다.

쏴아아아아—

그리고 푸른 하늘을 가린 먹구름.

밤처럼 어둑어둑하지는 않지만 그렇다고 밝지도 않았

다.

색으로 표현하자면 새하얀 흰색도 아니오, 그렇다고 새까만 검은 색도 아닌, 어중간한 회색.

딱 회색이었다.

동시에 야현의 두 눈동자가 붉게 변했다.

"준비됐습니다. 오시지요. 마음껏!"

야현이 양팔을 벌리며 새하얀 송곳니를 드러냈다.

\* \* \*

열이 하나같이 갑자기 어두워진 하늘에 움찔하며 뒤로 한 걸음 물러났다.

팍팍!

적무가 갑자기 솥뚜껑 같은 양손으로 뺨을 때리며 앞으로 두 걸음 내디뎠다.

"좋아! 우리를 가지려는데 이 정도는 돼야지."

적무는 오히려 미소를 드러냈다. 그렇다고 마냥 좋은 웃음은 아니었다. 강렬한 투기와 호승심을 드러내며 마보를 취하고 신형을 낮췄다.

"먼저 가겠소이다."

말이 끝나기가 무섭게.

팟!

적무는 야현을 향해 빠르게 쇄도했다.

"크핫!"

거권방.

말 그대로 거대한 주먹, 강한 주먹을 쓰는 문파의 호칭답게 적무의 일권은 강렬했다.

파방!

적무의 주먹은 공기마저 부숴버릴 듯한 파공성을 담고 있었다.

스윽.

야현이 다리를 넓히며 하체를 공고히 만들고 단전에서 내력을 끌어올려 주먹을 밀어 넣었다.

후우웅!

야현의 주먹에 맺힌 강(罡).

이윽고 야현이 적무의 주먹에 맞서 그것을 내질렀다.

단순하기 짝이 없는 투로.

"……!"

적무의 눈동자가 동그랗게 변했다.

단순한 동작에 불과했지만 주먹에 권강을 담았다면 말이 달라진다.

콰광!

두 주먹이 부딪치며 공기가 터졌다.

꽈드드득!

적무의 신형이 바닥에 긴 자국을 만들며 한 자가량 뒤로 주르르 밀려났다.

"큭!"

적무는 생각 이상으로 큰 반발력에 튀어나오는 신음을 애써 삼켰다.

다시 야현을 향해 신형을 날리려던 적무는 걸음을 내딛지 못했다. 야현의 신형이 그의 눈에서 사라졌기 때문이었다.

꽝!

그때 좌측에서 터져 나온 파음.

"크악!"

이어진 비명.

적무는 빠르게 고개를 돌렸다.

자신과 함께 나섰던 가주 한 명이 피를 토하며 뒤로 날아가고 있었다. 그리고 그가 서 있던 곳에 야현이 서 있었다. 애초에 그 자리에서 서 있었던 것처럼 편안히 뒷짐을 진 채 말이다.

"이익!"

야현의 주변에 있던 거구의 중년 사내가 야현의 목을 향해 거도를 휘둘렀다.

쐐애애액!

거도가 가른 것은 야현의 목이 아니라 허공의 공기뿐이었다.

쾅!

다시 터진 파음.

"으악!"

또 이어진 비명.

반대편에서 문주 한 명이 실 끊어진 연처럼 피를 토하며 뒤로 날아가 바닥에 처박혔다.

"갈!"

"하압!"

이번에는 조금 전과는 달랐다.

이미 당한 거구의 중년 사내 곁에 서 있던 두 문주가 기민하게 야현을 덮친 것이다.

쐐애애액!

미리 약속이라도 한 것처럼 한 자루의 검은 야현의 팔을, 묵직한 발은 야현의 하체를 동시에 노리고 들어왔다.

그 순간 야현의 눈동자가 반짝였다.

즐거움을 담은 눈빛.

그리고 장난기 가득한 야릇한 미소.

아니나 다를까.

서걱!

조금 전 보여줬던 모습과 달리 야현은 너무나도 가볍게 왼팔이 잘려 버렸다.

퍽!

그리고 허벅지도 쉽게 내주었다.

일격을 당한 야현은 무너지듯 바닥에 한쪽 무릎을 꿇었다.

"뭐, 뭐야?"

적무는 기수식을 풀며 황당함에 소리쳤다.

'아니야. 뭔가 이상하⋯⋯.'

비무에 참가하지는 않았지만 누구보다 야현을 조심스럽게 주시하던 신림은 곧 이상함을 느꼈다. 그러다 야현의 얼굴에서 고통이 아닌 미소를 보았다.

"조, 조심!"

그가 득의양양한 미소를 띤 두 문주에게 경고를 날렸다.

야현은 팽이처럼 돌며 자리에서 일어나 적수공권의 문주의 가슴을 발로 후려 차는 동시에.

"컥!"

검을 휘두른 문주의 목을 틀어쥐었다.

"끄으으, 이익!"

문주는 허공에서 발버둥을 치다가 기력을 쥐어짜 야현의 복부에 검을 찔렀다.

푹!

"크크크."

야현은 배에 꽂힌 검을 내려다본 후 문주를 쳐다보았다. 그러고는 숨이 막혀 창백한 얼굴을 한 문주를 향해 히죽 웃음을 지으며 그를 바싹 끌어당겼다.

퍽!

야현은 문주의 얼굴에 머리를 강하게 박은 후 휘청이는 그의 다리를 걷어차 바닥에 쓰러뜨렸다. 그리고 바닥에 쓰러진 문주의 가슴을 지그시 내리밟으며 잘린 왼팔을 바라보았다.

스으윽—

바닥에 떨어져 있던 잘린 왼손이 허공으로 떠올라 야현의 왼팔에 달라붙었다. 잘린 부분이 기이하게 부풀고 뒤틀어지더니 이내 언제 잘렸냐는 듯 깨끗하게 달라붙었다.

동시에.

야현의 배에 박혀 있던 검도 스르륵 빠져나왔다.

문제는 빠져나온 검이 바닥으로 떨어지지 않고 허공에 떠 있다는 것이다.

권능, 염력.

그러나 가주와 문주들에게는 그리 보이지 않았던 모양이다.

"허, 허공섭물?"

"허억"

놀란 음성이 이곳저곳에서 터져 나왔다.

'허공섭물이 다가 아니야.'

신림이 주목한 것은 잘린 팔이 다시 붙고, 꿰뚫린 배가 금세 아문 부분이었다.

'불사의 존재인가?'

신림의 시선이 자연스레 구염부에게로 향했다.

당연하다는 듯 그 모습을 바라보고 있는 구염부. 신림은 다시 고개를 돌려 기덕해를 쳐다보았다.

잠시 이어진 그와의 눈의 대화.

신림은 다시 야현을 쳐다보았다.

그때 허공에 떠 있던 검이 바닥에 쓰러져 있던 문주의 얼굴 앞으로 세워졌다. 그리고 천천히, 천천히 내려갔다.

눈앞에서 내려오는 검.

그리고 그것이 주는 공포.

바닥에 쓰러져 있는 문주의 얼굴이 창백하게 변해갔다.

차장창창창!

간격이 없어 보일 정도로 문주의 눈앞에 세워진 검은 잠시 후 산산이 깨져버렸다.

"하아—."

그에게서 안도의 한숨이 미약하게 흘러나올 무렵, 야현은 공을 차듯 문주의 얼굴을 차 의식을 끊어버렸다. 그리고 천천히 주위를 둘러보며 새하얀 송곳니를 드러냈다.

'사(邪)의 종주.'

사도련 련주가 있다.

사제 도학.

그리고 절대자 자리에 한 자리를 차지하고 있다.

신림은 안다.

아니, 혈성파에 몸을 담은 사파의 문주와 가주들 역시 알고 있다.

사사가의 군림으로 인해 진정한 사파의 종주는 없어졌다. 백여 년 전부터 사도련의 련주는 사사가에서 나오고 있었다. 현 사제 도학 역시 사사가의 한 가문인 도 가(家)의 인물이었다.

그러는 사이.

"으악!"

"컥!"

야현의 움직임은 거침없었다.

마치 한 마리 호랑이가 늑대 무리 사이에서 강한 포효를 하는 듯했다. 늑대 몇십 마리가 모여도 호랑이를 이기지는 못하듯 가주와 문주들은 힘없이 나가떨어지고 있었다.

이윽고 얼마의 시간이 흘러, 야현을 향해 서 있는 이는 적무를 포함하여 단 셋뿐이었다.

기괴한 능력. 그러나 강한 힘.

사파인이라면 누구나 꿈꾸는 그런 모습.

야현의 무위를 보는 신림의 주먹에 힘이 들어갔다.

저벅.

신림은 무엇엔가 이끌린 듯 연무장으로 한 걸음 내디뎠다.

저벅.

동시에 기덕해도 연무장으로 걸음을 내디뎠다.

둘의 시선이 오가고.

"공께서 허락해주신다면 우리들도 손속을 나누고 싶소이다."

그 소리에 야현은 뒤로 한 걸음 물러나며 신림과 기덕해를 쳐다보았다.

"괜찮습니다. 오시지요."

야현이 허락이 떨어지자 신림은 검을, 기덕해는 도를 뽑아 들며 연무장 안으로 들어갔다.

"흠. 그렇다면 저는 빠지겠소이다."

"나도 빠지겠소."

야현의 무력에 휘말려 몰골이 험해진 둘은 지친 얼굴로 뒤로 물러났다. 자연스레 신림과 기덕해가 그 둘의 자리를 대신 차지했다.

야현이 느끼기에 신림과 기덕해, 적무는 다른 문주와 가주들에 비해 발군이었다.

"재미있었으면 좋겠군요."

"재미있을 것이오."

신림이 검을 들었고, 기덕해와 적무는 자리를 이동해 품(品) 자 형태로 야현을 에워쌌다.

스윽.

야현이 한쪽에 기절해 있는 어느 가주를 향해 손을 내밀자 그의 몸이 끌려왔다.

콱!

야현은 허공에 뜬 가주의 목을 물어 피를 빨았다.

적당히 피를 마시자 가주의 몸은 바닥으로 떨어졌고, 다시 그가 누워 있던 곳으로 날아갔다.

"이상한가요?"

"흡혈이 평범하지는 않지요."

신림이 물었다.

"죽었소이까?"

그의 물음에 야현이 입가에 미소를 지으며 답했다.

"거둘 이를 죽일 만큼 본인은 어리석지 않습니다."

신림은 고개를 끄덕이며 다시 검을 들었다.

기이하다.

그러나 마음에 든다.

여기 누구보다 사파다운 행위에.

그리고 그보다 더 강한 힘에.

"내 모든 것을 걸어보리다."

"좋지요."

야현이 그런 신림을 바라보며 신형을 낮췄다.

선공은 신림이 아니었다.

팟! 쑤아아악!

기덕해는 야현의 시야에서 벗어나는 순간 후미를 노리고 도를 휘둘렀다.

야현은 빠르게 돌아서며 아공간을 열었다.

캉!

야월을 꺼내 기덕해의 도를 막아서는 순간, 신림이 검으로 야현의 하체를 노리고 들어왔다.

"훗!"

야현의 가벼운 웃음과 동시에.

펑!

신림의 눈앞에서 불덩이가 터졌다.

"헙!"

뜨거운 열기에 신림은 빠르게 불덩이를 검으로 쳐내며 뒤로 물러날 수밖에 없었다. 머리와 수염에서 희미하나마 불에 탄 노린내가 느껴졌다.

'불? 불이라니. 도대체.'

상념이 길어질 시간의 여유가 없었다.

"하압!"

적무는 다시 야현에게 일권을 내질렀다.

쿠웅!

모든 힘을 끌어올린 듯 그의 주먹에는 권강이 담겨 있었다.

펑! 펑! 펑!

야현은 그런 적무의 주먹을 아슬아슬하게 피해냈다.

"아!"

"하아!"

그 광경에 안타까운 음성이 몇몇 터져 나왔다. 조금만, 조금만 밀어붙이면 적중시킬 수 있을 것만 같아 보였다. 그러나 정작 야현을 밀어붙이는 적무의 표정은 굳어 있었다.

시원하게 권을 내지르는 모습과 달리 적무는 느끼고 있

었다.

이상한 힘이 자신의 주먹을 막거나 밀어내고 있음을.

'허공섭물의 응용인가?'

그럴 것 같았다.

"이런, 본인과의 비무에서 딴생각이라니요."

"……!"

불쑥 끼어든 야현의 목소리에 적무는 빠르게 정신을 차렸다.

후우욱!

야월의 검면이 적무의 얼굴로 날아오고 있었다. 적무는 빠르게 양팔을 들어 힘겹게 야월을 막았다. 야월의 강한 힘에 적무는 다시 뒤로 주르르 밀려났다.

적무는 다시금 느꼈다.

야현이 단칼에 자신을 무너트릴 수 있었음에도 그러지 않았음을.

다시 달려드는 야현.

적무는 그런 그의 후미를 엄습하는 신림과 기덕해의 모습에 흐트러진 신형을 수습할 수 있을 거라 여겼다. 안도감이 얼굴에 피어나기도 전에 적무의 눈은 놀라움으로 화등잔처럼 떠졌다.

콰드드득!

달려드는 신림과 기덕해 앞으로 연무장 장판석이 부서지며 새하얗고 뾰족한 그 무언가가 튀어나온 것이다.

퍼석!

신림과 기덕해는 손쉽게 그것을 부쉈지만 끝이 아니었다. 다른 또 무언가가 장판석을 뚫고 신림과 기덕해의 발목을 움켜잡은 것이다.

그것은 놀랍게도 뼈였다.

그그그극!

그리고 모습을 드러낸 그것의 정체는 살아 있는 해골이었다.

"가, 강시?"

"골강시?"

골강시? 그러한 강시가 존재하는지는 그들도 몰랐으나 눈앞에 나타난 스켈레톤, 그것은 강시처럼 보였고, 해골로 만들어졌으니 그들 중 누군가가 그리 외쳤을 뿐이었다.

어찌 되었든.

스켈레톤들은 신림과 기덕해의 발목을 잡았고, 야현은 한 번도 걸음을 멈추지 않고 그대로 적무를 몰아쳤다.

쐐애애액!

야월이 적무의 머리를 노리고 내리그어졌다.

적무는 균형을 세우지도 못한 채 양팔을 들어 머리를 보호할 수밖에 없었다.

쾅!

"컥!"

적무는 짧은 신음과 함께 균형이 완전히 무너지며 바닥에 무릎을 꿇어야했다.

퍼석!

그사이 신림과 기덕해는 스켈레톤들을 완전히 부숴버리고 야현을 향해 몸을 날렸다.

화르르륵!

야현의 등 뒤로 솟아오른 불의 장벽.

일렁거리는 붉은빛에 비친 야현의 미소와 서서히 눈앞을 가득 채우는 야월의 검면에 적무는 끝이라는 것을 느꼈는지 이를 악물었다.

퍽!

묵직한 파음과 함께 적무는 의식을 잃고 뒤로 날아가 바닥에 처박혔다.

야현이 천천히 뒤로 돌아서자 뜨겁게 이글거리던 불의 장벽이 사라졌다.

애초에 불이 없었던 것처럼 연무장 바닥에는 그을림조차 없었다. 다만 화끈거리는 열기에 눈앞에 펼쳐졌던 불이 거짓이 아님을 느낄 뿐이었다.

야현은 야월을 어깨에 걸친 채 현 상황과 어울리지 않는 부드러운 미소를 드러내며 신림과 기덕해를 향해 걸어갔다.

"올까요? 갈까요?"

"흠."

신림은 나직하게 침음을 터트렸다.

"결과는 예상되오만, 공의 모든 것을 보고 싶소이다."

"부족하지만 너그러이 받아주시기를 바라오."

신림과 기덕해는 오히려 더욱 강한 의지를 표출하며 다시 검과 도를 들었다.

"가진 모든 것이라."

야현은 야월을 바닥에 내려 지팡이처럼 짚으며 히죽 송곳니를 드러냈다.

"다 보여주지는 못할 거 같고."

야현의 웃음 뒤에.

콰드드드득!

『키키키키키!』

『키히히히!』

족히 백 구는 되어 보이는 스켈레톤들이 장판석을 뚫고 모습을 드러냈다. 야현이 손을 뿌리자 그의 손에서 만들어진 불이 하늘 높이 솟아올랐다.

펑!

그리고 불꽃놀이 폭죽처럼 터지더니 스켈레톤들에게로
떨어졌다.

화르르륵!

스켈레톤들의 몸과 무구에 불이 덮였다.

『크하아악!』

『크하아아아!』

스켈레톤들은 일제히 괴성을 터트리며 신림과 기덕해를
향해 달려들었다. 동시에 그들을 보고 있던 신림과 기덕해
의 얼굴은 새하얗게 탈색되었다.

제11장

본인도 한바탕 놀아보도록 하죠

사도련 련주 사제 도학의 거처, 사중천.

사중천 내실 안 커다란 원탁을 중심으로 다섯 사내가 앉아 있었다. 바로 이 방의 주인인 사제 도학과 사도련을 실질적으로 이끌어가는 사사가 가문의 가주들이었다. 사도련주 사제 도학이 사도련 전체를 군림하고 있는 것은 아닌 듯 다섯의 사내는 평등하게 마주하고 있었다.

"요즘 혈랑문의 행보가 영 눈엣가시처럼 밟히는군요."

동방가의 가주 동방성이 찻잔을 내리며 화두를 꺼냈다.

"그러게 말이외다. 아이들의 말에 의하면 지금 혈성파인가 뭔가 되도 않는 이름으로 모였다고 하더이다."

"쯧쯧쯧."

야율가의 가주 야율사무의 말에 하후가의 가주 하후자강이 마땅찮다는 듯 혀를 찼다.

"사천(邪天)의 사가(四家)가 어쩌다 이리 되었는지."

어이진 도가의 가주 도정의 말도 앞선 이들과 별반 다르지 않았다.

"이제라도 잘못을 바로잡아야 하지 않겠소이까?"

사제 도학의 말이었다.

그 말에 네 가주는 고개를 끄덕였다.

"이왕지사 잘못을 바로잡는 것도 좋지만 뼛속까지 새겨줘야 하지 않겠습니까? 사도련의 하늘에 사사가가 있음을."

말하는 동방성의 입가에 살기가 가득했다.

"그렇지요."

"암, 그래야지요."

나머지 가주들이 이에 맞장구를 쳤다.

"자자, 그러려고 이렇게 만난 것이 아니요?"

도학이 장내의 소란스러운 분위기를 정리했다.

평등하다 하여도 일단은 사도련의 련주다.

"다들 좋은 방도가 있소이까?"

"문제는 적당한 명분인데."

도학의 말에 하후자강이 크지도 않았지만 작지도 않은 목소리로 중얼거렸다.

"명분이야 대충 만들면 되지 않겠소이까?"

야율사무.

"내 생각도 같소. 어차피 어떤 명분을 붙이든……."

"아니오. 결과는 같을지 몰라도 천 년의 군림을 위해서라면 그래서는 아니 되오."

도정이 하후자강의 말을 끊으며 고개를 저어 반대했다.

"그건 이 동방도 같은 생각이외다. 우리도 알고 저들도 알 것이오. 어떤 명분을 내세우든. 그러나."

동방성은 마지막 말에 힘을 조금 더 주며 말을 이어갔다.

"최소한 납득은 할 수 있도록 해야 할 것이오."

동방성의 말이 끝나자 도정은 고개를 끄덕였고, 야율사무와 하후자강은 미간에 주름을 패거나 눈가를 찌푸렸다.

"오랜 시간 평화롭기는 했던 모양이외다. 가주들의 언쟁을 보는 것도 참으로 오랜만이오."

도학이 넷 사이에 끼어들었다.

"급히 과열된 듯하니 열을 식힐 겸 생각 정리도 할 겸 차한 잔씩 듭시다."

도학이 하녀를 시켜 식은 차를 거둬내고 다시 차를 가

져왔다. 차를 우려내고 다시 가주들의 찻잔에 그것을 채웠다. 그리고 차가 비워졌다.

일식경에 가까운 시간이 흐르고.

도학은 마치 중재자처럼 다시 뒤로 물러나는 모습이었다.

"명분도 물론 중요하오. 그러나 신속함이 더 중요하다 여기오."

차를 마시며 감정을 다스린 덕분인지 야율사무의 말은 차분했다. 그리고 그 말에 동방성과 도정도 공감을 하는지 고개를 끄덕였다.

그도 그럴 것이 한순간 혈랑문 주위로 많은 세력이 모였다. 조금만 더 두고 보면 자신들을 위협할 수준까지 커질지 모른다.

그렇다고 그저 힘으로만 누를 수 없는 상황.

한 번이 중요하지 두 번은 어렵지 않다. 이 상황에서 무작정 힘으로만 누른다면 후에 지금의 혈성파처럼 사사가에 대항하는 세력이 만들어질 것이다.

더 큰 반감을 가지고.

"문제는 현 상황에서는 신속함보다 그에 못지않게 명분도 중요합니다."

이어진 도정의 반론.

하지만 조금처럼 격한 감정은 오가지 않았다.

최대한 상대방의 의견을 생각하고 또 생각해 이해한다.

사사가의 암묵적 규율이다.

이 규율이 잘 지켜져 왔기에 사사가가 사도련을 군림할 수 있었던 것이다. 또한 이 규율이 깨지는 순간 사사가의 연합은 갈라질 것이고 지금과 같은 성세를 이어가지 못한다는 것을 이들은 잘 알고 있었던 것이다.

그런 의미에서 함께할 만한 동료이기도 했다.

물론 그 안에서 우위를 정하기 위한 힘겨루기는 있다지만.

"그럼 이렇게 합시다."

야율사무가 말을 꺼냈다.

"중용."

"다른 말로는 절충이라고 하지요."

도정과 하후자강이 말을 덧붙였다.

"신속이 중하니 날짜를 잡고, 그 안에 최대한 납득할 수 있는 명분을 만듭시다."

동방성의 말에 세 가주가 고개를 끄덕였다.

그리고 좀 더 이야기가 진행되어 시일은 한 달을 넘지 않는 선에서 마무리하기로 합의가 되었다.

"일단 일(一)안은 끝났으니 이(二)안으로 넘어가도록 하겠습니다."

도학의 말에 네 가주의 시선이 그에게로 모아졌다.

"혈랑문을 비롯해 그에 붙어먹은 가문들을 어디까지, 어떻게 처리할 것인지 논의를 해 보도록 하지요."

가주들의 눈빛이 변했다.

오늘 그들을 모이게 한 가장 중요한 의제였다.

혈성파를 괴멸시키는 것은 당연한 사안. 문제는 어느 문파까지, 또 어느 정도 수준의 징벌을 내리느냐였다.

"대략적인 혈……."

혈성파라는 이름 자체를 입에 담고 싶지 않았던지 동방성이 말꼬리를 흐렸다.

"혈성파."

하후자강이 그 이름을 대신 말해 주었다.

동방성이 하후자강을 쳐다보자 그는 어깨를 슬쩍 들어 올렸다.

"어차피 사라질 이름. 잠시 입에 담아도 문제 없다보오."

"그렇기도 하군."

동방성의 입가에 싸늘한 웃음이 슬쩍 지어졌다가 사라졌다.

"혈성파를 주도하는 문파는 혈랑문을 비롯해 묵룡신가,

패천문, 거권방이오. 이 네 문파는 반드시 주춧돌 하나 남기지 않고 지워야 할 것이오. 문제는 그 가지들인데.”

동방성의 이어진 말에.

“가지도 가지 나름이지요. 줄기에서 뻗어 나온 원가지가 있고, 곁가지도 있소이다.”

도정이 자신의 의문을 제시했다.

“원가지는 대략 스무여 문파이고, 곁가지는 대략 스물에서 서른 정도로 파악하고 있소이다.”

도학이 네 가주들의 궁금증을 풀어주었다.

아무리 네 가주와 동등하다고는 하지만 그는 사도련의 주인이다. 사도련이 문파들의 연합이라고 해도 연합만으로 이 거대한 조직이 굴러가지 않는다. 어느 문파에도 소속되지 않은, 말 그대로 연합체 소속의 하위 조직이 있는 법이다.

그 말은 즉, 사도련의 련주로서 자체적 무력 단체와 정보 단체를 가지고 있다는 뜻이다. 그리고 도학은 자신의 눈과 귀인 사성각을 이용해 혈성파에 대한 정보를 수집해 놓았던 것이다.

“흠.”

“쯧.”

몇은 침음성을 뱉었고, 몇은 혀를 찼다. 생각보다 혈성파를 따르는 문파의 수가 많았기 때문이었다.

"본제가 알아본 바에 의하면 곁가지는 신경 쓰지 않아도 되오. 그저 떨어지는 떡고물에 혹해 기웃거리는 정도이니."

"문제는 원가란 소리군요, 형님."

도정이었다.

"그렇지."

대략적인 윤곽이 나왔다.

"그렇다면 혈랑문과 그에 준하는 스무 문파는 멸문을 시키도록 하는 것은 어떻습니까?"

당연히 이견이 있을 리 없었다.

"남은 서른 남짓 문파가 문제인데."

"이럴 것이 아니라 이 판에 사도련을 새로이 재편하는 것은 어떻겠소이까?"

하후자강이 뭔가 좋은 생각이 떠오른 듯 입을 열었다.

"재편?"

"지금처럼 애매모호하게 상가, 하가를 두는 것이 아니라 정확히 구분을 짓자는 것이지요."

동방성의 반문에 하후자강이 문득 떠오른 생각을 읊어나갔다.

"이 기회에 사도련 내의 문호를 넓히는 것은 어떻습니

까?"

"문호를 넓힌다."

"흠."

다른 세 가주들은 쉽사리 찬동하지 않고 신중한 모습을 보였다.

"이백여 가문을 받아들여 사도련의 몸집을 키우는 것이지요."

"소외된 문파를 끌어안는다?"

"당연히."

"당연히 우리 가문들에게 힘이 되어줄 문파들과 힘이 되어주려고 하는 문파들이 주를 이루게 될 것입니다. 또 우리 하후가를 비롯해 세 가문 역시 몸집이 비대해져 분파를 고민하고 있지 않습니까?"

하후자강의 말에.

탁!

세 가주들은 무릎을 탁 쳤다.

"기가 막힌 생각이오."

"그런 방도가 있었어."

맞장구에 하후자강은 더욱 말을 빨리 쏟아냈다.

"이백 가문으로 늘려 최상에는 우리 사사가, 스물여섯 가문에 우리 분파를 넣어 상가(上家), 그 아래 칠십 가문을 중가(中家), 그리고 나머지 백 가문을 하가(下家)로 재편하는 것이지요."

"삼, 칠, 열이라. 나쁘지 않소."

동방성이 고개를 끄덕이며 다른 두 가주를 보았다.

"좋아 보이오."

"찬성이오."

"그렇다면 말이오."

동방성이 운을 뗐다.

"……?"

"……?"

"이왕지사 문호를 넓히고, 많은 기회를 주는 것이니 빈자리가 많으면 좋겠구려. 그리고 상가와 중가에 그에 걸맞은 선물도 필요하고 말입니다."

"그 선물이 이번에 사라질 문파들의 독문무공이라는 소리지요?"

야율사무의 물음에 동방성이 웃음을 지으며 고개를 끄덕였다.

쾅!

하후자강이 탁자 위를 손바닥으로 강하게 내려치며,

"하하하하하!"

큰 웃음을 터트렸다.

"생각지도 못한 좋은 생각이오."

그렇게 이야기가 급진전이 되려 할 때였다.

"련주님, 속하 천안이옵니다."

사성각주 천안이 찾아온 것이다.

"무슨 일이냐?"

도학의 허락에 내실로 들어온 천안은 바닥에 깊숙이 엎드렸다.

"사사가 회의가 있음을 알면서 직접 찾아온 것을 보면 중한 일인 듯한데."

"그러하옵니다."

"일어나라. 그리고 보고하라."

도학의 말에 천안이 자리에서 일어나 가볍게 허리를 숙인 후 입을 열었다.

"마교가 일어났습니다."

"……?"

그 말에 도학이 순간 이해하지 못하는 표정을 지었을 때.

"오랜 잠에서 깨어났습니다."

천안은 잠시 말을 멈추었다가 떨리는 목소리로 다시 말을 이었다.

"마인들이 천만대산에서 내려왔습니다. 그 목표는 바로

보, 본련입니다."

천안은 떨리는 목소리를 주체하지 못하고 결국 눈을 질
끈 감으며 말을 끝마쳤다.

쿵!

묵직한 바위 하나가 탁자 위에 떨어진 것처럼 내실에는
무거운 적막감이 내려앉았다.

"천마."

야율사무의 중얼거림.

"……."

그 중얼거림에 도학이 입술을 지그시 깨물었다.

절대자.

일존, 일제, 이성, 이왕, 삼재, 일위.

그중 항시 먼저 거론되는 것이 일존 천마 천지악이다.

천마의 유지를 이어받을 자.

항상 그 이름이 자신 위에 있었다.

도학의 시선이 사사가 가주들에게로 향했다.

그들의 시선도 자신과 비슷하다.

절대자 이름에 끼지도, 그렇다고 배제된 것도 아닌 사
마, 그리고 사패.

사귀 앞에 사마가 있다.

사마와 사귀가 절대자의 이름 한 축에서 애매하게 있는

이유는 바로 사마 때문이었다. 마교의 호법이자 천마를 모시는 하찮은 종의 입장으로 결코 주군과 함께 이름을 올릴 수 없다 하여 스스로 빠진 것이다.

천하의 이목이 사도련으로 향했다.

사도련의 네 장로.

그들은 바로 사사가의 가주들이었다.

천하의 시선은 무섭다.

더욱이 정파, 마교, 사파의 입장을 떠난 시선은.

그렇기에 사사가의 네 장로, 아니 사사가의 가주들은 어금니를 꽉 깨물며 타의에 의해 마교의 사마처럼 그 자리를 고사했었다.

일종의 자격지심에 불이 붙은 것이다.

"무림맹이 버젓이 있는데 천만대산을 버리고 모두 나왔을 리는 없고."

도학은 사사가의 가주들을 쳐다보았다.

"아마도 천마의 이름을 이어받았으니 수백 년 동안 끓어오른 마인들의 피를 식혀주기 위함이 아니겠습니까?"

이런 전례가 없었던 것은 아니었다.

정확히 규칙적이지는 않아도 짧으면 몇십 년에서 길면 일이백 년 사이로 마교는 천만대산을 내려왔었다.

그리고 적당한 피해를 주고, 적당한 피해를 입고 다시

천만대산으로 돌아갔다. 물론 그 적당한 피해가 수천수만의 피와 죽음이었지만.

또한 마교의 검 끝이 향하는 곳이 무림맹이냐 사도련이냐에 따라 그 피해에 어느 정도 차이가 있었지만 어찌 되었든 이쯤하면 연례행사쯤으로 봐도 좋다고 여긴 것이다.

"명분이 만들어졌군."

가벼운 목소리.

"하지만 위험하지 않겠소? 현 교주가 천마의 유지를 이었다고 하던데."

"언제 마교 교주가 천마의 이름을 쓰지 않았던 때가 있소? 어차피 천 년의 세월 동안 진정한 천마의 무공을 이은 이는 없었소. 그렇다면 실질적으로 사장되었다고 봐야겠지요."

동방성의 말에 다들 고개를 끄덕였다.

"어느 정도 유지를 이었다면 본련에도 제법 피해가 있기는 하겠지만."

동방성이 웃음을 짓자 다른 이들도 입술 한쪽 슬그머니 말았다.

"선봉은 혈랑문을 비롯한 쥐새끼 무리들로 하는 건 어떻습니까? 그런 다음에 련주와 우리 사사가 사도련을 이끌고 나가 전쟁을 마무리하면서 힘 빠진 마교에게 한 방 먹이는 것입니다."

"좋소."

"이의 없소."

다섯의 시선이 허공에서 만났다.

"크하하하하하!"

"하하하하!"

웃음이 터져 나왔다.

＊　　＊　　＊

탁자의 중심에 야현이 앉아 있었고, 양옆으로 혈랑문 문주 구염부를 비롯해, 묵룡신가 가주 신림, 패천문 문주 기덕해, 마지막으로 거권방 방주 적무가 앉아있었다.

그리고 야현의 뒤로 베라칸이 서 있었다.

야현이 감고 있던 눈을 조용히 뜨며 말했다.

"……그렇다는군."

구염부를 포함한 가주와 문주들의 표정은 잔뜩 굳어져 있었다. 야현의 입을 통해 사사가의 회의를 실시간으로 전해 들은 까닭이었다.

"이런 쳐 죽일 놈들!"

성격 급한 적무가 탁자를 거칠게 내려치며 울화통을 터

트렸다.

팟!

그때 방 한구석에서 검은빛이 터졌다.

"우히히히히!"

카이만과 함께 흑오, 초량이 모습을 드러냈다.

갑작스러운 등장에 세 문주와 가주는 화들짝 놀랐지만 괜찮다는 구염부의 손짓에 놀란 표정을 누그러트렸다. 그렇지만 눈동자는 여전히 크게 떠져 있었다.

"인사들 나누지."

야현이 좌중을 둘러보며 말했다.

"우히히히, 노부는 카이만이라고 한다."

"흑오라 하오."

"초량이오."

처음에는 괴상한 형상의 카이만의 모습에 놀랐던 세 문주와 가주는 초량의 이름에 놀라움이 다시 얼굴 전체로 퍼졌다.

"……만박자?"

"그렇습니다."

"야인으로 알고 있었소만."

"그랬습니다만, 현재는 주군께 몸을 의탁하고 있습니다."

초량의 소개에 야현을 향한 세 가주와 문주의 눈빛이 다시 한 번 더 달라졌다.

야현이 보여준 무력은 강했다.

하지만 단순히 강하기만 한 것은 아니었다.

강했지만 사이했다.

사제 도학에게서도 느껴보지 못했던 존재감이었다.

그렇기에 세 문주와 가주는 기꺼이 야현을 향해 허리를 숙이고 그의 품으로 들어갔다.

막연한 희망을 품고서 말이다.

그런데 주군으로 모신 야현의 품에 초량이 있다고 한다.

초량이 누군가?

만박자로 더 잘 알려진 그는 천하에서 둘째가라면 서러울 천재다. 그런 그의 지략이 더해진다면, 막연한 희망은 확실한 미래가 되는 것이다.

"벌써부터 그리 놀라면 어쩌자는 것이오?"

구염부는 마치 자신의 과거를 보는 듯한 모습에 핀잔을 주었다.

그렇게 인사가 오가고, 야현은 조금 전 사사가 가주들의 대화를 흑오와 초량에게도 알려주었다.

"사도련이 이처럼 무능할 줄은 몰랐군요."

초량이 중얼거렸다.

"고인 물은 썩는 법이지."

야현은 흑오를 쳐다보았다.

"마교의 움직임은?"

"안 그래도 그에 관해 보고를 올리려고 했습니다."

"……?"

"마교의 행보가 예상 범위를 벗어났습니다."

야현에게 하는 보고였지만 구염부를 비롯한 네 가주와 문주의 몸이 흑오를 향했다.

"조금 과장되게 말씀을 올리자면 마교 본산은 거의 비워 두었다고 해도 될 정도로 정예 마인뿐만 아니라 상당수의 마인들이 천만대산을 내려와 서장 랍살에 집결하고 있습니다."

"흠."

누군가가 신음을 터뜨렸다.

"하지만 더 큰 문제는……."

흑오는 그런 신음에도 아랑곳하지 않고 보고를 이어갔다.

"신강, 서장뿐만 아니라 마교 소속이 아닌 마인들까지 속속히 합류하고 있습니다."

"그럼에도 몰라?"

조금 전 사성각주의 보고에 그런 말은 없었다. 그 정도

대규모 움직임이라면 당연히 알아야 하는 법이기에 야현은 이해가 되지 않았다.

"사도련의 권역 밖을 보는 사성각의 시야가 좁다는 것과 운남성 인접의 림지에 집결한 선발대에 모든 이목을 집중하고 있어서가 아닌가 예상하고 있습니다."

심각한 표정의 가주, 문주와는 다르게 야현은 등받이에 몸을 기대고 팔짱을 끼며 입가에 히죽 웃음을 지었다.

"사성각의 편협한 시야까지 고려해서 판을 키운다라……. 정말 보고 싶어지는군. 본인이 이처럼 누군가를 애틋하게 보고 싶어질 줄은 몰랐어."

"……?"

"……?"

무슨 소리인가 싶어서 모두의 시선이 야현에게로 향했다.

"본인이라도 그리 했을 것이야."

부연 설명을 바라는 눈빛에 야현이 아닌 초량이 고개를 끄덕이며 입을 열었다.

"압도적인 마인의 수와 무력으로 별다른 피해 없이 사도련을 집어삼킬 수 있을 겁니다. 아울러 마교의 공포를 다시금 중원에 심어줄 것입니다."

초량의 설명에 몇몇은 고개를 끄덕였고, 몇몇은 고개를

갸웃거렸다.

"물론 그로 인해 정파 무림은 무림맹을 중심으로 뭉치겠지만 마교의 입장에서는 사방에 퍼진 적보다야 한곳으로 뭉친 적이 상대하기 편한 법이지요. 아울러 압도적인 공포에 귀찮은 잔챙이들은 알아서 숨을 죽일 것이고, 그렇지 않다고 하여도 심연 깊숙하게 자리한 공포는 또 하나의 아군인 법이니까요."

"그거야 우리가 알 바는 아니고."

야현이 초량의 이어지는 설명을 잘랐다.

"중요한 것은 우리야."

야현은 초량을 바라보며 물었다.

"어떻게 준비할까?"

"흠."

잠시 생각에 잠기더니 초량이 눈동자를 반짝이며 입을 열었다.

"굳이……."

초량이 묘한 표정으로 말끝을 흘렸다가 말을 이었다.

"마교와 싸울 일이 필요가 있을까 싶습니다."

"음?"

전혀 예상치 못했던 대답에 야현이 설명을 요구했다.

"자세히."

"천마를 한번 만나보시는 건 어떻습니까?"

삭막한 바람이 휘몰아치는 척박한 땅.

서장의 성도 랍살.

랍살이 세워지고 이처럼 많은 사람들이 있었을까 싶을
정도로 중심 번화가는 인산인해를 이루고 있었다. 그런데
사람들이 모이면 응당 시끌벅적한 소란과 사건 사고가 있
어야 정상이건만, 도시는 마치 인형들을 데려다 놓은 것처
럼 조용하기 이를 데 없었다.

물론 번화가를 벗어나면서 인산인해를 만들어낸 주체가
인형이 아닌 사람들이구나 싶은 소음과 자잘한 사건들이
있기는 했다.

하지만 적막감마저 감도는 번화가 중심에 세워진 오층
규모의 객잔에는 어지간한 범인들은 가까이 다가가는 것만
으로도 오줌을 지릴 정도로 매서운 기운이 짙게 깔려 있었
다.

저벅, 저벅, 저벅.

그런 객잔으로 네 명의 사내가 다가갔다.

야현, 베라칸, 카이만, 그리고 초량이었다.

묵직한 기운을 발산하는 걸음이라 그런지 객잔 주위로
삼엄한 기운이 피어났고, 스물 남짓한 통일된 복장의 사내

들이 야현의 앞을 가로막았다.

"누구요?"

"천마를 만나러 왔습니다."

천마.

마교 교주 천지악.

그의 별호다.

누구나 아는 별호이지만 그 누구도 마인들 앞에서 거론할 수 없는 거룩한 이름이기도 하다.

순간 사내의 눈매가 굳어졌다.

하지만 경거망동하지는 않았다.

다만 그 사내 뒤로 서 있는 마인들의 분위기가 험하게 바뀌었다. 그런 분위기를 등에 업고 사내는 야현의 뒤에 서 있는 이들에게로 시선을 돌렸다.

'흠.'

신음을 삼켰다.

하나같이 가벼워 보이는 자가 없었다.

아니, 단 한 명.

묵직한 기운에 눌린 듯 창백한 표정으로 애써 서 있는 문사 차림의 사내.

아마 마뇌처럼 지략을 담당하는 군사일 것이다.

'음?'

274 뱀파이어 무림에 가다

그런데 그 문사의 얼굴이 낯설지 않았다.

그때 카이만이 괴소를 흘리며 초량을 기운에게서 벗어나게 해주자 표정이 편안해지고 제 얼굴이 살아났다.

"만……박자?"

"오랜만에 뵙겠습니다. 백마단주 탈혼검객님."

초량이 가벼이 포권을 취하자 백마단주 탈혼검객 역시 포권으로 인사를 나누었다.

"그냥 안에 전해드리면 됩니다. 또 하나의 검은 별이 찾아왔다고."

"……?"

초량의 말을 이해하지 못한 탈혼검객이 고개를 갸웃거렸다.

"그리 전하시면 아실 겁니다."

탈혼검객은 초량을 잠시 보다가 고개를 끄덕였다.

"잠시 기다리시오."

탈혼검객이 객잔 안으로 들어갔다.

"확실히 그대의 이름값이 본인보다 높군."

야현은 초량을 보며 가벼운 농을 건네다가 다시 객잔 오 층으로 시선을 돌렸다.

"후후."

가만히 객잔 오 층을 바라보던 야현이 입가에 가벼운 미소를 띠었다.

잠시 후 객잔 안으로 들어갔던 탈혼검객이 나왔다.

"따라오시지요."

야현 일행은 그의 안내에 따라 객잔 안으로 들어갔다. 드러난 눈과 감춰진 수많은 눈이 야현과 그 일행에게로 쏟아졌다. 하지만 누구 하나 가벼운 이가 없었기에 그런 시선을 가볍게 흘리며 오 층으로 올라섰다.

넓은 실내에서 탁자는 중앙에 놓인 단 하나였다.

그리고 그 탁자에는 중년 사내가 홀로 앉아 있었다.

야현도 거북함을 느낄 정도로 그에게서는 상당한 무게감이 느껴졌다. 순간 서로의 시선이 마주쳤다.

누가 기운을 무형이라 했는가?

마치 거대한 모래에 뒤덮인 듯한 압박감이 야현을 휘감았다.

히죽!

야현은 입가에 진한 웃음을 지으며 기세를 끌어올려 천마 천지악의 기운을 밀어냈다.

그렇게 어렵지 않게 그 기운을 밀어내며 앞으로 걸어갔다. 그리고는 천지악 앞에 놓인 비어 있는 또 하나의 의자에 편안히 앉았다.

"이거 잊지 못할 인사로군요. 야현이라고 합니다."

야현은 포권이나 목례를 취하지 않고 그를 빤히 직시하며 자신을 소개했다.

톡톡톡.

천마는 탁자 위를 손가락으로 두들기며 야현을 빤히 쳐다보다 입꼬리를 말아 올렸다.

"그대로군."

천지악은 야현의 시선을 피하지 않고 그에 못지않은 웃음을 드러냈다.

"이거 참. 그대에게 무례를 물을 수도 없고."

야현은 곤란한 표정을 보란 듯이 드러내며 다리를 꼬고 허리를 뒤로 젖혔다.

"크하하하하!"

천마는 갑자기 웃음을 터트렸다.

하지만 단순히 크기만 한 웃음이 아니었다. 상당한 내력이 담겨 있어 객잔 오 층 내부를 뒤흔들었다. 건물 곳곳이 삐거덕거렸고 천장에서는 먼지가 우수수 떨어졌다.

"죽고 싶나?"

휘이이—

그때 한 줄기 바람이 불더니 야현과 천마 머리 위에서 먼지를 휘감아 창문 밖으로 사라졌다. 야현이 느긋하게 입을 열었다.

"죽일 수는 있나요?"

"본좌가 느낀 것이 다라면 충분히. 솔직히 지금 심정을 말하자면, 실망이야. 본좌와 같은 별이라기에 기대를 많이 했었는데."

"그렇다면 여기서 끝을 볼까요?"

천마가 기운을 끌어올린 것과 반대로 야현은 기운을 감췄다.

"그럴까 했었는데."

천마는 다시 등받이에 몸을 기대며 팔짱을 꼈다.

"미루지. 맛난 음식은 마지막에 먹어야 제맛이니까."

"크크크크크크."

이번에는 야현이 낮은 웃음을 터트렸다.

"흐흐흐흐흐."

약속이라도 한 것처럼 둘의 대화는 끝났고, 무언의 시선만 허공에서 부딪힐 뿐이었다.

짝.

"대충 합의가 된 듯하니."

야현은 고개를 돌려 오 층 구석에 숨죽여 서 있는 시녀로 보이는 이를 손짓으로 불렀다. 시녀는 오 층 곳곳에 서 있는 마인들의 눈치를 보며 머뭇머뭇 다가왔다.

"술상 좀 내오세요."

당연히 시녀의 시선이 천마로 향했다.

"준비한 것을 가져오라."

"한 번이 어렵지 두 번은 쉬운 법이지요."

야현의 미소에 천마도 피식 웃음을 터트렸다.

술상이 차려지고, 각자의 잔에 술이 찼다. 그리고 술잔이 비워지고 다시 멈췄던 대화가 이어졌다.

"그대의 수하들인가?"

천마가 고개를 돌려 베라칸과 카이만, 그리고 초량을 쳐다보았다.

"베라칸."

"우히히히, 카이만이라 하오."

천마는 색목인의 모습에 흥미로운 눈빛을 띠었다.

"그대는 낯이 익군."

그리고는 초량을 보자 관심을 드러냈다.

"만박자이옵니다."

천마 뒤에서 조용히 서 있던 초로의 노인이 나섰다.

"흐음?"

그를 알아봤다는 눈빛, 그리고 묘한 음색이었다.

"부족하지만 마풍전을 이끌고 있는 마뇌라고 하오."

야현과 눈이 마주친 마뇌가 자신을 소개했다.

"그대들이 사마인 모양이군요."

그 뒤로 서 있는 네 명의 노인들.

"검마다."

"도마."

"독마라 하외다."

"권마요."

피부로 느껴지는 사마의 무게감은 어지간한 문파 장문인 그 이상이었다.

"탐이 나는군."

"후에 거두고 싶군요."

동시에 나온 말에 둘의 시선이 자연스레 마주했다.

"핫!"

천마는 짧지만 매서운 웃음을 머금었고, 야현은 가벼이 어깨를 살짝 들어 올렸다.

"그래, 무슨 연유로 본좌를 찾아온 것인가?"

"한 사냥꾼이 있었습니다."

뜬금없는 이야기다.

그럼에도 천마는 술잔을 채우며 야현의 말에 귀를 기울였다.

"어느 산골짜기에 호랑이 한 마리가 산다고 해서 사냥을 떠났었지요. 이래저래 공을 들여 호랑이를 막 잡았는데……."

"잡았는데?"

"호랑이에 박힌 화살이 하나가 아니라 두 개인 겁니다."

창.

천마는 자신의 잔을 채운 후 야현의 잔도 채워 주었다.

"상당히 공을 들였는데 그 상황이니 사냥꾼은 난감했죠."

야현은 천마를 바라보았다.

"사냥꾼이 원한 건 애초에 고기. 그래서 동시에 화살을 날린 사냥꾼이 가죽을 원한다면 기꺼이 넘겨주리라 마음을 먹었습니다. 그리고 마침 다른 화살을 날렸던 사냥꾼이 모습을 드러냈습니다. 그래서 물었죠. '나는 고기만 원하오. 가죽은 가져도 되오.' 라고. 그랬더니 그 사냥꾼이 뭐라고 대답을 하신 줄 아십니까?"

호랑이는 사도련.

또 다른 사냥꾼은 바로 자신.

그렇기에 대답은 천마, 바로 자신의 몫이었다.

"만약에 말이야."

야현은 술잔을 들며 경청했다.

"그 사냥꾼이 가죽뿐만 아니라 고기까지 원한다면 어떻게 할 거 같나?"

"가지고 싶은 걸 가지지 못할 바에야 다른 사냥꾼도 갖지 못하게 가죽이고 고기고 난도질하겠지요."

천마는 고개를 돌려 마뇌를 쳐다보았다.

"어떻게 생각하나?"

마뇌는 천마에게 다가서며 뒤에 서 있는 초량을 쳐다보
았다.

"원하시면 고기까지 가질 수 있으나……."

"만족할 만한 가죽과 고기는 어려운 모양이지?"

마뇌와 대화를 주고받는 천마였지만 시선은 야현에게서
벗어나지 않았다.

"송구합니다."

"쯧."

천마는 못마땅한 듯 나직하게 혀를 찼다.

"가죽도 좋지만 본좌는 고기도 원해."

둘 다 가지겠다는 뜻이다.

야현은 미간을 찌푸릴 법도 하건만 오히려 입가에 빙그
레 미소를 지었다.

"적당히 놔두도록 하죠. 대신."

천마의 미간이 좁아졌다.

"고기는 본인이 먼저 골라 가져가지요."

"그냥 사냥꾼을 죽여 버리면 다 차지할 수 있는데 본좌
가 꼭 그래야 하나?"

"그럼 해보시든가요."

야현의 이죽거림에 천마의 눈매가 가늘어졌다.

"자신감인가 자만인가?"

"크크크크."

야현의 음산한 웃음이 울려 퍼졌다.

"더욱 먹고 싶어지는군."

천마가 먹고 싶어 하는 상대는 당연히 야현이었다.

"명심해. 본좌는 그대를 최대한 맛있게 먹을 생각이야."

"그러시든지."

야현이 자리에서 일어났다.

"적당히 가져가."

천마의 경고.

"홋!"

야현은 가벼운 조소를 보이며 객잔을 나섰다.

"크하하하하하!"

그런 야현의 등 뒤로 천마의 대소가 터졌다.

객잔을 나서는 야현의 얼굴은 야차처럼 구겨져 있었다.

그런 야현의 꽉 쥔 주먹 안에는 식은땀이 가득 차 있었다.

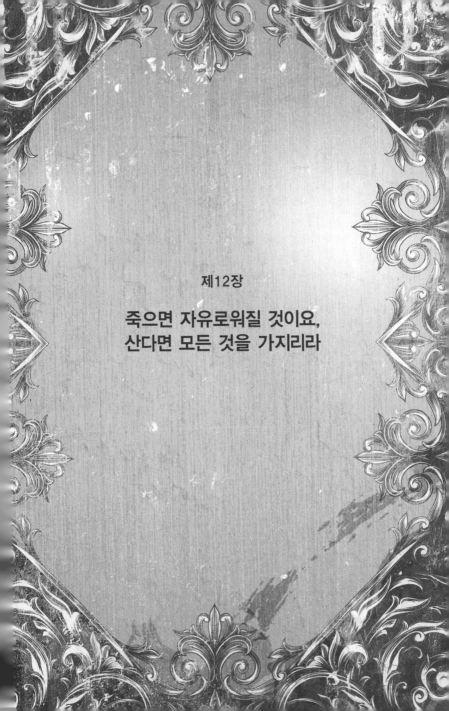

제12장

죽으면 자유로워질 것이요,
산다면 모든 것을 가지리라

*Vampire*

어두컴컴한 밤.

야현은 이지러진 그믐달을 올려다보고 있었다. 잘려진 그믐달을 바라보는 야현의 눈은 흰자위가 하나도 보이지 않을 정도로 온통 붉었다. 마치 눈에 피를 담은 듯.

"크크크크크."

그러다 야현은 미친 사람처럼 광소를 흘렸다. 천마를 떠올리니 본능에 따라 아직도 몸이 부들부들 떨린다.

콰직.

야현은 미친 듯이 웃다가 아랫입술을 깨물었다.

뱀파이어 족의 왕이 되었다.

시조인 블러드 문을 죽이고 그의 힘을 온전히 이어받았다. 거기에 전진의 무공도 익혀 화경을 뛰어넘는 경지에 올랐다.

그런데.

그런데!

천마를 떠올리자, 부르르르 애써 진정시킨 몸이 다시 떨렸다.

"후욱—, 후욱—, 후욱!"

야현은 폐가 터질 듯 깊게 숨을 들이마셨다가 내뱉기를 반복하며 몸을 진정시켰다.

'천마.'

그를 보자 까마득한 절벽을 보는 듯한 느낌이 들었다. 그의 앞에서 편안하게 여유롭게 행동했다. 그러나 자신도 알고, 천마도 알 것이다.

허장성세임을.

"크크크크크."

굴욕감에 미친 웃음이 목구멍을 비집고 다시 흘러나왔다.

"재미있어."

야현은 입술을 혀로 핥았다.

일단 하나는 알았다.

현재 천마와 싸운다면 필패.

"흠."

천마와의 약속대로 사도련의 일부만 흡수하고 다시 어둠 속으로 스며들까, 아니면 뒷일을 생각하지 말고 시원하게 뒤통수를 칠까.

야현은 후원을 거닐며 깊은 고심에 잠겼다.

툭.

서성이던 걸음이 멈췄다.

야현은 고개를 돌려 구석에 조용히 서 있는 베라칸을 쳐다보았다.

"베라칸."

"예, 주군."

베라칸은 부름에 그제야 곁으로 다가왔다.

"그대라면 어찌하겠나?"

"……."

"언제부터인가 그대는 입을 닫았지. 그저 묵묵히 본인의 곁을 지키면서."

여전히 입을 닫고 있는 베라칸.

"그런 그 모습도 좋지만 말이야. 본인은 과거의 그대 모습도 가끔은 그리워."

그 말에 베라칸은 잠시 야현을 바라보다 입을 열었다.

"즐거워 보이십니다."

"본인이?"

"즐기십시오."

"……?"

베라칸은 한 걸음 더 내디디며 야현의 눈을 직시했다.

"우리가 거대한 적 앞에 처음 섰을 때, 주군께서 그러셨습니다."

베라칸의 말에 야현의 눈동자에는 과거가 들어차기 시작했다.

"오늘이 마지막 날인 것처럼, 살자."

"……!"

"비루먹은 개새끼처럼 살 바에야 오늘 죽자."

"크크크크크."

회상에 젖었다 깨어나는 야현의 입에서 거친 웃음이 뛰어나왔다.

"그때 우리 앞에, 우리 뒤에, 그리고 앞으로 닥칠 적중에 우리보다 약했던 이들은 없었습니다. 그래도 이겼습니다. 주군께서는 우리를 이끌고, 언제나 승리하셨습니다."

무뚝뚝한 베라칸의 입가에 미소가 번졌다.

"우리 앞에."

베라칸의 말, 그건 선창이었다.

"죽음, 아니면 승리."

"죽으면 자유로워질 것이요."

"산다면 모든 것을 가지리라."

주고받은 일말의 대화.

"크하하하하하하!"

야현은 고개를 젖히면서 대소를 터트렸다.

"베라칸."

야현은 다시 그를 불렀다.

"예, 주군."

"과연 그대는 본인의 가장 가까운 벗이다."

좀처럼 보이지 않은 진실된 미소가 야현의 입가를 물들였다.

"벗으로서 그대를 힘껏 안아보고 싶다. 그러나 미루지."

야현은 고개를 돌려 밤하늘에 뜬 그믐달을 다시금 올려다보았다.

"과거처럼 승리한 날, 피투성이 그 모습으로 우리 안아보자."

"기다리고 있겠습니다."

"베라칸."

야현의 목소리에 힘이 바싹 들어갔다.

"예, 주군."

"야회, 모든 수장들을 소집해."

"명!"

베라칸이 모습을 감추고, 야현은 두 주먹을 말아 쥐며 그믐달을 올려다보았다. 식었던 피가 다시 끓어오르는 느낌이었다.

*     *     *

"천마시여."

권마가 천마 천지악 앞에 허리를 깊게 숙이며 그를 불렀다.

"노구로 힘들지 않아? 편히 해, 편히."

"어찌 신교의 주인에게 그런 불경을 저지를 수 있겠나이까? 천부당만부당하옵니다."

천마의 말에 권마는 더욱 허리를 숙였다. 천마는 그런 권마의 행동을 굳이 말리지 않았다.

"속하, 불경스럽게도 궁금한 게 있사옵니다."

"말해."

천마는 손으로 턱을 괴며 말했다.

"어찌하여 그자의 제안을 받아들이셨나이까?"

"그게 궁금한 모양이군."

천마는 심드렁하게 받아들였다.

"감히 속하가 평가하기에 잘 봐줘야 저희들과 동수 정도 이옵니다. 그 정도면."

"반 수."

"……?"

"그대들보다 반 수 위일 거야."

'반 수 위다.'도 아니고 반 수 위일 거라는 말에 권마의 눈에 의아함이 담겼다.

"주, 죽을죄를."

불경을 저질렀다는 생각에 권마는 그대로 바닥에 엎드려 죄를 청했다.

"보이는 힘은 그대와 동수거나 그보다 조금 못해 보이기는 한데. 감춰진 무언가가 있어."

천마가 괸 턱을 풀었다.

무미건조한 눈동자에 흥미가 담겼다.

"그게 무엇인지 본좌도 모르겠다는 말이지."

"어, 어찌."

권마는 너무 놀란 나머지 고개를 번쩍 들었다.

쾅!

그러다 천마와 눈이 마주치자 바닥에 머리를 찧으며 다시 숙였다.

"권마."

"하명하시옵소서, 천마시여."

"적당히 해. 적당히. 다른 놈들은 몰라도 그대들이라면 적당히 해도 돼."

천마는 건조한 목소리로 권마를 타박했다.

"왜 살려줬냐고 그랬지?"

왜 그 제안을 받아주었냐고 물었었다.

하지만 천마는 그 질문에 대답한 것이나 마찬가지였다. 그의 머릿속에서는 그 둘이 같은 의미였기에.

"본좌가 보지 못한 그의 힘, 궁금하거든."

장난기 섞인 웃음.

"그리고 언제든지 죽일 수 있으니까."

천마의 무미건조해 보이는 눈, 하지만 그건 권태에 빠진 포식자의 눈이었다.

\*　　　\*　　　\*

야풍장, 장주실.

오랜만에 야회 수장들이 자리했다.

"다들 들었을지 모르겠군. 천마를 만났다."

알음알음 전해 들었는지 의아한 눈빛을 보내는 이들은

없었다.

"무섭더군."

야현이 피식 웃으며 말했다.

"그때 본인은 그 앞에서 떨고 있던 자신을 발견했어."

수하들의 표정이 굳어졌다.

"오랜만이었어. 죽음을 생각했던 게."

이어진 말에 표정이 굳는 정도가 아니라 분위기가 급격히 싸늘하게 식었다.

"우히히히히."

물론 그렇지 않은 이도 있었다.

카이만.

"크ㅎㅎㅎㅎ."

그리고 적랑 기사단 부단장 에거쉬.

마지막 또 한 명.

화이트 기사부단장 코스카였다.

그들의 웃음에 중원에서 얻은 수하들은 황당해하는 얼굴로 그들을 쳐다보았다.

방금 야현이 그랬다. 천마를 만나고 겁을 먹었다고. 그런데 야현과 함께 서방에서 넘어온 수하들은 그 말에 동요를 하기는커녕 괴상한 웃음을 짓고 있었다.

심각한 상황인데 그런 웃음을 짓는다는 건 그럴 만한 이유가 있어서일 것이다.

더욱이 그들은 자신들보다 더 오래 그의 곁에 있었으니.

모르는 무언가가 있다는 소리다.

그렇기에 지략가인 제갈지소를 비롯해, 흑오, 초량은 황당함보다는 날카로운 눈으로 분위기를 파악하려 하고 있었다.

"그래서 말이야."

가장 인상이 좋지 못한 이를 꼽으라면 구염부다. 야현은 그런 구염부를 쳐다보며 다시 입을 열었다.

"본인은 다시 야차가 되려 해. 처절하게 싸우던 그때의 본인으로."

쿵쿵쿵쿵쿵!

늑대 인간 적랑족 에거쉬와 뱀파이어 화이트 기사부단장 코스카가 탁자 위를 주먹으로 연신 내려찍으며 소리 없는 환호를 질렀다.

짝!

그 모습에 야현은 피식 웃고는 손바닥을 쳐 분위기를 환기시켰다.

"그런 의미로 천마의 뒤통수를 한번 쳐볼까? 이왕이면 강하게 치고 싶은데."

야현이 제갈지소와 흑오, 초량을 보며 입꼬리를 말아 올렸다.

"할 수 있겠지?"

"……."

갑작스러운 명령이라 다들 쉽사리 대답하지 못했다.

"아, 하나만 명심해. 선두는 본인이야."

야현이 맹수처럼 송곳니를 드러냈다.


그리고 이튿날.

피식!

야현의 입에서 실소가 튀어나왔다.

그 이유는 야현의 손에 들린 한 장의 작전 계획서 때문
이었다. 야현은 작전 계획서를 탁자 위에 내려놓으며 제갈
지소, 초량, 그리고 흑오를 빤히 쳐다보았다.

"과격한 작전인 듯 보이는데."

"아울러 위험하기도 하죠."

"그렇지. 확실히 위험해."

야현은 제갈지소를 보며 한 음, 한 음 찍어내듯 말했다.

"본. 인. 만."

"그래도 즐거워 보여요."

제갈지소.

그녀는 야현의 피를 직접적으로 이어받은 직계였다. 그

렇기에 야현의 감정을 고스란히 느끼고 있었다.

즐거워 보인다고 하였지만 그가 느끼는 감정에는 단순히 즐거움만 있는 것은 아니었다. 즐거움 이외에 흥분, 광포, 살기 등 복잡하게 섞여 있었다.

"그래 보이나?"

야현은 고개를 돌려 흑오와 초량을 바라보았다.

"지금이라도 재고하심이 어떠하신지요?"

흑오였다.

"앞으로 어려운 싸움이 될 거야."

마교와의 전쟁.

또한 무림맹도 있다.

"제법 많은 이들이 죽어나가겠지. 대신."

야현은 흑오를 지그시 바라보았다.

"우리는 살아남는다, 그리고 이긴다. 그러면 우리는 모든 것을 가진다. 올 오아 낫씽(All or nothing)."

물론 돌아온 대답은 없었다.

"믿어. 본인을."

야현은 여전히 굳은 표정의 흑오를 바라보며 부드러운 미소를 보였다.

"믿습니다."

대답을 한 것은 흑오가 아닌 초량이었다.

"전부 아니면 무(無), 속하는 주군을 믿습니다."

"훗."

야현은 가벼운 웃음으로 대답을 대신하며 초량에게 물었다.

"마교는?"

"선발진은 광서성을 넘었으며, 본진 역시 하루 이틀 사이로 광서성으로 들어설 듯합니다."

"길어야 닷새겠군."

"그러합니다."

"소집해. 우리도 슬슬 전장으로 가야지."

야현의 말에.

"명!"

"명!"

흑오는 불안한 목소리로, 초량은 흥분한 목소리로 복명했다.

\*　　　\*　　　\*

쿵!

아마도 소리가 났다면 이와 같았을 것이다.

사성각주 천안의 보고에 사제 도학을 비롯해 사사가 가

주들의 표정이 급격히 굳어졌다.

"……다시 말해보라."

사제 도학의 말에 천안은 떨리는 목소리로 다시 보고했다.

"파악하고 있던 삼천의 마인들은 그저 선발진으로 일만에 달하는 본진 마인들이 천마와 함께 어젯밤 광서에 들어섰습니다."

일만 삼천.

마교에서 출발한 마인의 수는 일만이었지만 그사이 합류한 마인의 수가 물경 삼천에 달한 것이다. 물론 그 사실을 사도련은 파악하지 못하고 있었지만, 파악하였다고 하여도 결과는 달라지지 않았을 터였다.

"그리고 본진에서 천마와 사마, 그리고 열둘의 장로가 확인되었습니다."

말 그대로 확인한 것에 불과했다.

사성각에서 은밀히 그들의 존재를 파악한 것이 아니라 천마를 비롯한 그들이 보란 듯이 대외적으로 모습을 드러낸 것이다.

하지만 천안은 그 사실을 굳이 첨부하지는 않았다.

쾅!

하후가의 가주 하후자강이 벌겋게 달아오른 얼굴로 탁자

를 내려쳤다.

"그 규모면 전면전인데. 천마라는 자가 미치지 않고서야, 어찌!"

천마 천지악은 미치지 않았을 것이다.

아무리 마인들이 피에 굶주렸다고는 하지만 스스로 죽음의 불구덩이에 몸을 담글 리 없었다.

그렇다면 전면전을 내세운 이유는 단 하나.

승리를 자신하는 것이다.

'진정 천마의 유지를 이었단 말인가?'

사제 도학은 지그시 입술을 깨물며 사사가의 가주들을 쳐다보았다.

다들 당혹감에 휩싸여 천마와 마교에 대해 불같이 성토하고 있었다.

"설마 대대적인 전면전으로까지 번지겠소이까?"

동방가의 가주 동방성의 말.

그 말이 한 점 희망의 불씨라도 되는 듯 세 가주는 하나같이 고개를 끄덕여 맞장구를 쳤다.

"내부적으로 문제가 있거나 아니면 다른 이유가 있을 것이 분명하오."

도가의 가주 도정이 나름 추측했다.

"그럴 가능성이 농후하오."

"그래도 문제는 외형인데."

천마가 일만이 넘는 마인들을 이끌고 나왔다.

"혹시 말이오."

야율가의 가주 야율사무가 불현듯 생각이 난 것이 있는 듯 운을 띄었다.

"혹 천마에게도 우리와 같은 고민이 있는 게 아닐까 하오."

"음?"

"……?"

"예를 들자면 전쟁을 빌미로 없애고 싶은 파벌이나 인물이 있다거나."

야율사무의 말에 다른 세 가주의 표정이 밝아졌다.

"혹 그 선발대가?"

"그렇구려."

"그 말이 맞는 듯하오. 정파가 버젓이 있는데 정녕 미치지 않고서야 우리와 전면전을 할 리가 없지요. 아마도 내부적으로 문제가 있을 듯하오."

다들 의견이 일치하자 고개를 끄덕이며 지워졌던 미소를 희미하나마 다시 드러냈다.

"밀사라도 보내든지."

"체면 때문이 아니겠소?"

"하긴."

"그럼 말이오."

동방성이었다.

"조용히 천마를 만나보는 건 어떻겠소?"

"어느 정도 입을 맞추자?"

하후자강의 말에 동방성이 고개를 끄덕였다.

"입만 잘 맞춘다면 우리도 손해가 아니오."

"확실하게 잘라내고 싶은 가지만 쳐낼 수 있겠군."

이처럼 의견 통일이 빨랐던 때가 또 있나 싶을 정도로 회의가 빠르게 마무리되는가 싶었지만.

누군가가 천마를 만나러 가야 하는데 과연 누가 갈 것인가가 남았다. 그러자 서로가 서로의 눈치를 보기 시작하며 누구라고 할 것도 없이 입을 꾹 닫은 것이다.

'하아—.'

그 모습에 사제 도학은 속으로 한숨을 내쉬었다.

이상하리만큼 오늘 그들의 표정과 속마음이 잘 보인다. 그리고 느꼈다. 저들도, 자신도 무인이 아니었음을.

'훗.'

도학은 차갑게 식은 찻잔을 들며 피식 웃음을 삼켰다.

기뻐도 웃고, 슬퍼도 웃는다 하더니, 암울함에도 웃음이 나올 줄은 몰랐다. 절망에서 피어난 웃음에 도학은 다시 쓴웃음을 삼켰다.

천마.

이름은 천지악.

너무나도 잘 아는 이름이다. 항상 보아 온 이름이니까.

'정녕 그는 천마의 모든 것을 이어받았을까?'

온전히 이어받았을 거라 짐작되었다.

물론 그 어떤 확증은 없다.

그저 그렇게 짐작만 될 뿐이었다. 그리고 그 짐작이 맞을 거란 예감이 강하게 다가왔다.

"누군가 가야 하는데."

그 순간 귓가를 긁어대는 누군가의 목소리.

그리고 느껴지는 시선들.

사사가의 가주들이 약속이라도 한 것처럼, 아니 무언의 눈빛을 주고받았을 것이 분명했다. 그렇게 자신을 바라보고 있었다.

'죽을 때가 되면 세상을 조금을 조금은 넓게 본다고 하더니.'

도학은 그들의 시선을 느끼며 빈 찻잔을 매만졌다.

'사도련은 끝났군.'

피식, 아주 자그만 미소.

왜 이때 혈랑문의 문주 구엽부가 떠오르는지 모르겠다.

'어차피 죽는다면야. 사제의 이름으로 천마의 무공을 보고 죽는 것도 나쁘지 않겠군.'

죽을 자리.

스스로 찾아가는 것도 나쁘지 않을 거 같았다.

어차피 이 자리, 사도련의 주인 자리는 저들의 입맛에 맞아 앉은 자리다. 물론 처음에는 도학 그도 야망을 갖고 있었다. 그러나 그는 언제부터인가 자신이 저들에게 물들어 있었다는 사실을 깨달았다.

그 시점이 지금이라는 게 문제라면 문제.

"무슨 생각을 그리 골똘히 하시오?"

"아니외다."

도학은 고개를 들어 사사가 가주들을 보며 입을 열었다.

"본인이 가지요."

그 말에 사사가 가주들은 환하게 웃음을 보였다.

전쟁을 앞둔 적에게 보내는 밀사로 단체의 수장이라.

미쳤다.

저들도, 자신도.

'크크크크크.'

그저 미친 웃음만 나왔다.

*　　*　　*

"뭐라?"

혈랑문 대전 문주좌 태사의.

그곳에 야현이 앉아 있었고, 그 옆에 베라칸, 구염부, 카이만과 흑오, 초량이 조용히 시립해 있었다.

그리고 그 태사의 앞에 사성각주 천안이 엎드려 있었다.

"그러니까 사제 도학이 죽어?"

정확히는 조용히 천마를 만나러 갔던 사제 도학이 수급이 되어 돌아왔다는 것이다.

황당하기는 구염부도 매한가지.

"어이가 없어 웃음이 다 나오는군."

야현의 입에서 실소가 흘러나왔다.

"그건 그렇고, 사제가 죽음을 이미 예상하고 그대를 이곳에 보냈다고?"

"그러하옵니다."

야현은 의아해하는 표정이었다.

이 상황을 쉽게 받아들이지 못하는 것은 천안도 매한가지. 사제 도학이 천마를 만나러 가기 전 한 장의 서찰을 조용히 자신에게 넘겼다. 혹여나 황급한 일이 생기면 열어보라 했다.

불길함을 느꼈지만 누구의 명인가.

그리고 그 불길함은 맞아떨어졌다.

천마를 만나러 갔던 사제 도학이 돌아온 것이다.

잘린 수급이 되어서.

그 소식을 가장 먼저 접한 천안은 재빨리 도학이 준 서찰을 열어보았다.

글귀는 그리 길지 않았다.

자신이 죽으면 혈랑문 구염부로 가라.

그리고 그에게 귀의하라.

더불어 한 가지 선물을 가져가라.


"련주께서 드리는 선물이옵니다."

천안이 품에서 두툼하고 낡은 서책 한 권을 꺼냈다.

구염부가 그 서책을 받아 들었다.

"이, 이건?"

서책 앞에 쓰인 제목을 무심결에 읽은 구염부가 경악성을 터트렸다.


혈황무서(血皇武書).


마교에 천마가 있다면, 사도련에는 사파인의 정신적 시조이자 사도련의 기초를 마련한 혈황이 있다.

풍문으로만 듣던 혈황의 무공서였던 것이다.

구염부는 파르르 떨리는 손으로 무공서를 야현에게 전했다.

"흠."

야현은 두툼한 혈황무서를 바라보며 작게 소리를 삼켰다.

"시간이 걸려도 좋다. 그대가 기억하는 순간부터 말하라."

어디서부터 이야기를 해야 할지 고민하던 천안은 마교가 천만대산을 내려왔을 때부터 이야기를 시작했다. 그 일을 보고받은 련주 사제 도학과 사사가의 가주들이 사도련의 원탁에서 무슨 이야기를 했는지, 그리고 마교 본진이 광서성을 넘은 후 그들이 어떠한 반응을 보였는지도.

"이렇게 엉망인 줄 알았으면 천마가 광서를 넘기 전에 사도련을 집어삼킬 걸 그랬군."

야현의 목소리에 진한 아쉬움이 묻어나왔다.

반면 구염부는 사도련, 엄밀히 말해 사사가가 이처럼 상황 판단을 못 할 정도로 썩어 있을 줄 몰랐는지 분노로 온몸을 부들부들 떨고 있었다.

"소인의 생각에 주군께서는 마지막에 그 어떤 심경의 변화를 느껴."

"죽음을 본 것이지."

"……."

야현의 말에 천안은 입을 꾹 닫았다.

"생을 내려놓자 시야가 넓어진 것이고."

"……."

"그래서 죽을 자리를 찾아간 것이고. 그리고 그대를 이곳에 보낸 이유도 짐작이 되고. 그리고 보내온 게 하나쯤더 있을 거라 보는데."

"……."

천안이 무어라 말을 꺼내기도 전에.

"혈혈단."

야현이 먼저 한마디를 내뱉었다.

혈혈단, 사제 도학의 직속 무력 단체.

"아닌가?"

"……맞습니다."

천안은 순간 섬뜩한 기분이 들었다. 눈앞에 있는 이, 누구인지 모르나 모든 것을 꿰뚫고 있다.

"그들은?"

"사사가의 눈이 넓어 일단 련 내부에 대기하고 있습니다."

"하하하."

야현은 웃음을 터트리며 고개를 돌려 흑오를 불렀다.

"예, 주군."

"그대가 품을 수 있겠나?"

당연히 그 말에 천안의 고개가 들려졌다.

"소개하지. 본인의 총사이자 하오문의 수장이야."

"……!"

"그, 그렇다면! 혀, 혈사단."

그리고 하오문 뒤에 숨어 있으며 끝내 찾지 못한 그 무엇.

천안의 흔들리는 눈이 야현과 구염부를 번갈아 오갔다.

"사제 도학도 이것까지는 생각하지 못했겠지만 말이야. 어쨌든 그 선물, 기꺼이 받아주지."

야현이 자리에서 일어났다.

"생각 같아서는 시간을 들여 마음을 주고받고 싶지만 틈이 없어."

천마의 군대가 사도련 성 바로 앞, 하루 거리까지 다가왔다.

"그래도 믿음은 줘야 하니, 원하는 게 있나?"

야현은 천안 앞에 다가가 몸을 숙였다.

"주, 주군의 복수를."

망설임 끝에 나온 말.

"천마의 목?"

"그, 그러하옵니다."

"흠. 당장 이뤄주기 힘들어. 본인도 그를 만나 봤는데 무섭더군."

천안의 눈이 파르르 요동쳤다.

"꽤 시일이 걸릴 텐데 괜찮겠나?"

천안은 야현을 올려다보고는 입술을 지그시 깨물며 빠르게 생각했다. 그리고 결심했다.

"기다리겠습니다."

"어차피 할 일. 본인이 더 고맙군."

야현은 천안의 어깨를 툭 치며 자리에서 일어났다.

"초량."

"예, 주군."

"사성각과 혈혈단 고려해서 계획 수정시켜."

"명!"

초량의 짧은 복명.

"드디어 내일인가?"

야현의 입가에 새하얀 송곳니가 번뜩거리며 드러났다.

\* \* \*

지평선 너머 짙은 노을이 땅을 붉게 적셨다.

까맣게 몰려드는 검은 무리들.

그 수는 물경 일만 삼천.

저만한 규모면 가히 군대다.

무질서한 듯 보이지만 그 안에 절도가 보였다.

어둠이 서서히 깔리며 사도련 성이 마치 불야성처럼 환하게 밝혀졌다. 또 사도련 성 앞을 항상 가득 채웠던 상점들이 어느 사이 철거되었으며, 반쯤 폐허가 된 건물들은 허물어지고 다시 쌓이며 일종의 방어막을 구성했다.

이 밤.

마교의 마인들이 오랜 행보와 어둠으로 곧바로 쳐들어올 일은 없지만 전쟁은 알 수 없는 법.

그렇게 전쟁의 서막이 올랐다.


**제일계(第一計), 대공습(大攻襲).**


마교가 터를 잡은 광활한 대지 주위로 듬성듬성 솟아오른 얕은 야산.

이름도 모를 야산 정상 다섯 군데에 서른 명씩 구성된 흑마탑 소속 마법 병단 다섯 부대가 모습을 드러냈다. 카이만이 급히 뱀파이어 왕국에 연락하여 불러온 마법 병단

이었다.

카이만 앞에는 통신용 검은 구슬이 떠 있었다.

구슬 안에 여섯 등분으로 나눠진 부분에 검은빛이 들어
찼다.

『칙! 제이대 준비 완료!』

『칙! 제삼대 공성 마법진 구성 완료!』

『칙! 제오대 대공성전 마법진 완료!』

『칙! 제사대 준비 완료!』

이어,

『기사단도 준비 끝났다. 시작하라!』

야현의 짧은 명.

"우히히히!"

카이만이 흥분을 주체하지 못하고 괴소를 터트렸다.

"대공마법진을 발동하라!"

카이만의 명이 떨어지고.

구오오오오오오오!

엄청난 마나가 마교 진지 주변에서 끓어올랐다.

일반 마인도 느낄 수 있을 정도의 마나, 기의 파장이 파
도처럼 마교 진지 주변을 휘몰아쳤다.

구오오오ㅡ, ……!

대기가 흔들릴 정도로 출렁이던 기운이 갑자기 사라졌

다.

아니, 기운이 마치 얼어붙은 듯 굳어졌다.

그리고 짧게 흐르는 정적.

폭풍전야.

아니나 다를까.

콰광! 콰르르르르! 콰과광!

다섯 야산에서 엄청난 검은 불꽃이 하늘로 치솟아 올랐다. 야산 하나에 하나의 불꽃이 아니었다.

야산에서 연속으로 솟아오른 검은 불꽃들.

한순간 솟아오른 수십 개의 불꽃들이 마교 진지로 떨어졌다.

이어진 폭음과 폭발.

콰과과과과과과과과과광!


〈다음 권에 계속〉

『천사지인』, 『향공열전』의 작가 조진행!
# 새로운 신화를 완성한다!

FANTASY STORY & ADVENTURE

조진행 판타지 장편소설

# 후아유 2부

차원의 힘과 미스터리 서클의 비밀을 여는
초감각 판타지!

인생의 막다른 곳에 흐르는 아케론, 비통의 강.
카론에게 의뢰하면 슬픔은 없다.

dream
books
드림북스

오렌 퓨전판타지 장편소설

FUSION FANTASY STORY & ADVENTURE

환야의 역사상 최강의 마왕,
모두가 그를 일컬어 마제(魔帝)라 불렀다.

幻野魔帝

# 환야의 마제

dream
books
드림북스

# 수라왕

이대성 신무협 장편소설

NAVER 웹소설 인기 무협 『수라왕』,
책으로 다시 돌아오다.

산법에 뛰어난 재능을 지닌 명석한 소년, 초류향.
진리를 깨우치고 숫자로 세상을 보게 된 소년,
그가 강호에 첫발을 내딛는다.

**인물들의 외전과 뒷이야기를 정리한 설정집 수록!**

★
dream
books
드림북스

# 명왕 신세기전

## -현세편-

검마도, 십전제, 명왕전기의 작가 우각이 돌아왔다!

육백 년 전부터 이어져 내려온
귀신의 무예, 명왕권
지나치게 강한 그 힘으로 인해
수많은 적들의 협공을 당해 맥이 끊기지만
단 한 명, 기억을 잃은 생존자가 있었다.

그리고 시작된 적들의 추적.
죄 없이 희생당한 가족과 친구들.
그들의 피가…… 잠들어 있던 명왕을 깨웠다.

## "나를 용서하지 마라. 절대로!"

세상 전체와 싸우는 명왕이
투쟁의 신세기를 열리라!

dream
books
드림북스

천마본기

『태극신무』, 『무쌍록』, 『절세무혼』
사도연이 선보이는 또 한 편의 거침없는 무협!

마(魔)로서 처음으로 하늘이 된 자.
세인들은 그를 천마(天魔)라 불렀다.

★
dream
books
드림북스

# 天下第一
## 천하제일

ORIENTAL FANTASY STORY & ADVENTURE

**장영훈 신무협 장편소설**

완전판으로 돌아온 NAVER 웹소설
무협 부문 최고의 인기작!

1년 후, 강호가 멸망한다.
그것을 막을 자는 인시에 태어난 이화운뿐.
그를 찾아 위기에 빠진 강호를 구하라!

미모와 실력을 겸비한 여인 설수린, 수수께끼의 사내 이화운.
예견된 운명을 뒤집으려는 그들의 파란만장한 여정이 시작된다.

★ dream
books
드림북스